U0754714

知味

# 活过

丁天 著

北方联合出版传媒(集团)股份有限公司

万卷出版公司

2017年·沈阳

目
录

 辑 一 戏说，说戏

辑 三 过活，活过

辑 四　事情，情事

辑　一

戏说，说戏

# 烟花三月下扬州

　　早年间，我们旗人，个顶个都是壮烈的战士。追述一下我们两蓝旗主和硕豫亲王额尔克楚虎尔①贝勒——也就是多铎，入关之后，一年内，下河南，进陕西，入潼关，取西安，四月陷扬州，五月克南京，六月占浙江，十月还京师的光荣业绩。

　　单说扬州一战。多铎排行第十，号称"十王"。手下还有他的远房哥哥两名，一个叫瓜尔傻，一个叫瓜尔帽，也都号称王爷。我们街坊瓜七哥的正根老祖先就是那位瓜尔傻王爷。

―――――――

① 蒙语意为"勇敢的将军"。

想当年，那瓜老王爷是真悍勇。扬州守将也不知道是谁，不知死的，死扛！久攻不克，瓜老王爷可就急了。老爷子是身先士卒，亲自攀爬云梯攻城。接近城头时，守城兵士一矛刺来，老王爷侧身闪过，竟然用牙咬住枪杆，生将枪杆咬断，那真是威风凛凛，惊骇敌胆。一个字：帅！当然，这是故事的前半部分，后半部分是说时迟那时快，老王爷被另一个卑鄙的守城兵士捅出的第二枪，一家伙给杆到了城墙下，当场死翘。

别呀，什么叫死翘呀，那叫壮烈殉国。就为这个，瓜七哥说他们家一直拿了二百六十七年的抚恤金。

后来瓜尔帽王爷想了一招。他在城外搭了一前门楼子，领了伙人爬上去，往城里扔炮仗，想炸人家。这不是没溜儿吗？人家扬州城里有大炮。瞄准了，点火，走——！咣！一家伙，帽儿王爷连同八名副将二百多名蓝旗兵也歇了。

眼看着俩哥哥就这么搭进去了，两蓝旗主和硕豫亲王是真急了，眼睛都红了，抄起一根丈八"阿虎枪"，是单人独骑，来到城下。跳下马鞍，叉腰站城下，扯开喉咙，开骂："史一可一法！孙一子哎！你丫给我出来呗！"好家伙！吼声震天。

史可法一冒头："亲，啥事？"

豫亲王那真是有头有脸有礼有面，是双膝一软，扑通跪倒："咱商量商量，你就降了吧，算我求你了，成吗？我不玩虚的，诚心实意，你不降我不起来！"

史可法一缩头，城上是箭如雨下。

好在此时，顺承郡王多隆贝勒平南大将军勒克德浑及时赶到，把亲王救回帐中。顺承郡王比豫亲王小四岁矮两辈，年轻，血气方刚，时年只有 25 岁。回到帐中勒克德浑就埋怨上了 29 岁的豫亲王："老爷子，您没溜儿啊，您糊涂啊，咱们自己人之间有商量，您跟他们是外人，那能商量吗？跟他们只能死磕！"

亲王一听："什么？死磕？哎哟喂，咱惹得起人家吗？那是谁呀？那是史可法！人家在中学历史课本上是赫赫有名的人物。人家是名人！多大的腕儿啊！我跟你说，咱得认尿。"

郡王一听："啊？碰到名人就得认尿啊？什么乱七八糟的。甭扯那没用的，他不历史名人吗？今儿咱就成全他，让他进历史课本！"

扬州一战，死的人忒多，尸体摞起来，城墙后来都变成了山坡。我们就是踏着自己人堆积如山的尸体，蚁聚蜂拥，飞越城墙，攻克扬州。

城破之日，正值大雨瓢泼。大雨之中，战士们都杀红了眼了。豫亲王的眼眶也湿润了，怎么呢？他面子上下不来呀。心想，这史可法不对呀，我这么大一王爷，我这么一大把年纪了，我都奔三十的人了，我给你磕一个容易吗？

你还拿箭射我？遂大雨之中，宣布屠城。

没承想，倒成全了城中一个码字的，事后执笔，写就《扬州十日记》，薄薄一册，不足八千字，潜藏历史黑暗角落二百余年不见天日，竟于风雨飘摇的满清末世诡异地浮出水面。虽真伪尚有多方争论，但帝制全面崩盘，此书确属推波助澜，无论真伪都在"走向共和"的里程中，居功至伟。曾有论者将其与《左传》《史记》《汉书》等并列而称"史地十大奇书"。

# 皇太极的爱与死

话说，八旗兵未入关时，两白旗主睿亲王多尔衮与洪承畴对峙于辽东，相持不下。多尔衮抓耳挠腮，想不出破敌之计。皇太极在爱妃病重和前方战事吃紧的两难选择下，决定亲临前线督战，给多尔衮作"场外指导"。

病榻上病病歪歪的爱妃一听就不高兴了："皇上，你等我死了再去不成吗？没几天了。"

皇太极一听："唉，等你死了多尔衮也败了，军情紧急刻不容缓我得马上走。"

皇上你别走你别走别走别走别走贱妾来过活过爱过唯一的最后的心愿就是能死在心爱的男人怀里这要求过分吗我都要死的人了我求你了皇上……爱妃抱着皇太极的腿，

泪如雨下。

别闹别闹放手放手两军对垒如高手相竞刹那之间生死立判哎哎哎我最烦拉拉扯扯的了我必须得去前线加班履行我做皇帝的工作职责……说罢，皇太极一脚踢开爱妃，飞身上马。

马不停蹄，皇太极疾驰数昼夜，由盛京抵达辽东。单人独骑，居高临下，观察地形一天，当夜回营，重新排兵布阵，耐心地跟多尔衮讲战术思想。

事儿说开后，皇太极拨马掉头，即刻重返盛京，赶着见病危的爱妃最后一面。临出盛京时，由于焦躁，忍不住骂了爱妃一句，又给了爱妃一脚，后来觉得不解气，好像又追了一耳光，想起这些，皇太极内心极度不安。

连来带去，十数天不眠不休，再加心急如焚，皇太极一路策马奔驰，一路咯血不止，终于如约赶回爱妃床前。爱妃心满意足地死在了皇太极怀里。三天后，捷报传来，多尔衮依计大破洪承畴。

爱妃生前最爱读的一本书是《三国演义》，临死还拿在手里。死前，爱妃看的那一章是：温酒斩华雄。

其实，没这事。小说家言耳。

一、正史中的皇太极没有在上马前踢他爱妃。闪回到皇太极要上马了，爱妃抱着他的腿不让走，非要皇太极留下来陪她的画面，事实是，把站在一边的礼亲王给急的，恨不得替皇太极把他的宠妃一脚踢开，可皇太极就是不踢，就是在那儿拉拉扯扯，缠缠绵绵，轻言细语地安慰爱妃我会很快回来的。众亲王掐着表，脑门直冒汗，秒针嘀嘀嗒嗒，在他们听来，简直有如雷鸣，仿佛前线多尔衮正节节败退。

二、皇太极也没能见到他爱妃最后一面。据说是星夜兼程赶回盛京，刚入城门时，传来爱妃病故魂归离恨天的噩耗，皇太极当场口吐鲜血，坠马昏厥。估计宠妃就是在皇太极离京时，被众亲王合力谋杀的。皇帝好色问题不大，挨个搞搞是可以的，但只和一个女人谈恋爱，且爱得走火入魔，就会被疑心要耽误国事。所以，亲友团合力谋杀掉宠妃，相当于"南泉斩猫"，是想帮皇太极破内心执念。谁知，万没想到，宠妃一死，没过多久，皇太极竟也抑郁而终。照皇太极后来伤心过度的状态看，估计不死也会被废。朝野一直暗地里议论纷纷，一个说："皇帝应该英明神武辣手无情，怎么能是个'情种'呢?"另一个说："就是! 简直的，仨字，没出息。"

虽然在皇太极身上，有着种种人性的缺陷，但不可否认，他确实如史学家所称，是有清一代最伟大的军事统帅、战术大师、天才儿童、工作狂，他的情深不寿，真的是——很可惜，这既是他个人的悲剧，也是全体八旗子弟的不幸。他的过早离世，是明清两朝军事界共同的重大损失。

他立马山巅在空中料敌观阵的精神，将永远激励后人，凡事站在高处，观察世界，思考问题。

# 清蒸美人

　　话说，我是古龙"脑残粉"，读久了，偶然发现，古龙烈酒般眩目的文字气质竟和唐传奇一脉承袭，种种迹象表明，古龙对唐人故事颇精熟，并在小说中多有化用。诸葛昂同高瓒斗酒这一篇，印象中，古龙在谈及武侠渊源时还曾特别提过。

　　说的是隋朝末年，深州诸葛昂在江湖上豪侠之名很盛，渤海高瓒听了不服，就想去访访他，会会他。人家憋着坏找上门了，诸葛昂不能不接招，就请高瓒吃了顿饭，"丰年留客足鸡豚"的规格，炖鸡乳猪什么的。高瓒是渤海高氏后裔，祖辈是中国历史上著名的神经病家族北齐皇帝高欢高洋这些人渣，岂是等闲之辈，当下撇撇嘴，吃完喝完第二天回请诸葛昂。诸葛昂带了好几十人，一同赴宴，席上都是整猪整羊，据说，烙的薄饼长宽一丈多，卷着肉吃。高瓒拿一盆当酒杯打通关，生是把诸葛昂们给喝趴下了。缓了一个月，诸葛昂才又回请高瓒，坐陪的请了几百人，总之又是一顿大吃大喝，吃肉时用的蒜汁调料，都是拿石磨盘碾出来的。同时还有大型歌舞表演。众宾客喝美了，一通又唱又跳。

第二天高瓒再次回请诸葛昂，说是小酌回酒，整得挺文明，菜也都平常，吃饱喝好，最后一道汤菜端上来，打开盖，铜汤盆里竟是一个十几岁小孩的脑袋和手脚，这下众人才缓过神来，高瓒这缺德挨千刀的，不知打哪弄来一小乞丐死孩子给当食材了，那年头"朱门酒肉臭，路有冻死骨"不是嘛。把同席的宾客们恶心的，纷纷去吐，刚吃下肚的熘肝尖熘肉片火爆腰花九转肥肠一股脑全吐出来了。这下子，诸葛昂可是真急了，心想，你高瓒要干吗呀？跟我来这个？耍流氓你耍得过我吗？

隔了一天，诸葛昂居心叵测地请高瓒来家里吃饭。高瓒颠颠地又去了。大酒是喝不动了，诸葛昂换了个花样，找了一美妾给大家斟酒。美人很性感，席间还冲高瓒眉来眼去的，高瓒这没出息的，喝了酒竟然还真微微有点动色心。色心都挂相，美妾忍不住就浅笑了一下。诸葛昂不高兴了，呵斥她，下去！没一会儿，他老人家竟然把美妾装在大银盘子里又给端了上来。好嘛，给清蒸了。裸体进锅，蒸完又把衣服穿好，还饰以脂粉，弄得栩栩如生，美人依旧的样子。这时候，诸葛昂对高瓒说，得嘞，咱哥俩挑肥的地方吃吧。说罢动手先挑大腿内侧的肉一通暴撮，给高瓒腻的，然后诸葛昂又直奔美人双乳，哪够肥哪够腻他吃哪，白花花肥腻的脂肪，看得高瓒当场吐了。诸葛昂一抹油嘴，拍拍肚子，吃饱了。高瓒是彻底服输，从此不再吃肉，改素食了，青菜豆腐。后来，天下大乱，据说诸葛昂让一帮饥饿的土匪给逮了，后来也当菜让悍匪们架火上给烤着吃了。

史书上说，高瓒的先祖北齐皇帝高洋也曾干过清蒸美人的事，其实就是喝大了闹酒炸，蒸完了逼着大家伙儿一起吃，但第二天酒一醒，高洋就后悔了，心疼得哇哇直哭，闹着让人家赔他美女。清蒸美人这事之所以令人发指，是因为这算暴殄天物，世间美女本来就少，古时资讯又不发达，没法在卫视搞海选，就算是搞了，散落在民间犄角旮旯里的美女们也不会报名，躲还躲不开呢，所以尤为难得。隐约记得裴松之注《三国志》里有一段，关公就曾为一美女差点和曹操掰面儿。好像是攻吕布时，关公听说吕布那边某人的老婆是美女，他帮曹操出力，让曹操事成后把那美女给他当酬劳。曹操急于找帮手，就答应了。后来城破，曹操发现关公瞄上的那位还真是一绝色美女，一时没忍住，自己留用了。从此曹公失云长。记不确切了，这事得回头再查查。搞不好是记错了，看差了。我是打小熟读《三国演义》的，这裴松之曾令我当场心生疑惑，按理说关公不是这样的人呀。同时，心里又不由得一惊，又一凉，心说，这黑暗的正史中还有好人吗？

当然，后来想想，此事于关公伟光正高大全演义形象也可能并无损害，比如，关公事后或许会对刘备这样解释，什么美女不美女的，哥们儿根本不在乎，哥们儿就是想试试曹操是不是说话算数，丫是不是重色轻友，你看，果然还就让我给试出来了。读过《春秋》，说话就是特别有水平。

# 往返之间

　　《车站》，日本导演降旗康男 1981 年作品。主演是如今旧作重温仍然感觉"散发迷人男性魅力"的高仓健，那年月恰是他"最好的时光"。电影叙事节奏舒缓，不疾不徐，满溢内在张力。有时，我想，自己之所以迷恋老电影，或是因为现在的电影都不敢像从前那样老老实实讲故事了，都花哨太多，噱头太多，眼花缭乱却终与心灵无涉。

　　画面反复出现的场景是大雪茫茫中的小站台，孤零零各奔前程的男女，以及"从这里到那里"不断行进中的短途火车。来来回回，兜兜转转的人生。高仓健扮演一名心事重重的刑警，是主人公 1970 至 1980 十年间几段失落的情感和几个重要案件的串联。后来，苏芮在 1985 年或 1988

年曾唱过一首歌，也叫作《车站》，个人感觉和本片简直绝配，不知创作者是否受电影启发。歌中唱道："人生总是常往返，想要留也难；别去了又来，只有空遗憾。"尾声一句，近乎总结性陈词，说："因为好梦永远在另一端。"

电影和歌的动人，显然是由于现实中我们都仍在进行着这样的折返跑。围城里过幸福小日子的，或许偶尔内心会悄然掠过一丝淡淡的忧伤，自问一声：难道我就要这样终老此生？然后幻想自己离家出走，浪迹天涯。而那些"昨日里蹚风冒雪来到塞北，今日里下江南桃杏争春"的浪子们，又或许心底最渴望的恰是归航后宅而平淡的隐居生活。

伫立大河两岸彼此眺望的神被咏叹了近三千年。暗恋中有深深的忧伤。不过，若真涉水横渡，成功抵达彼岸，那位三秦旷男也许会更忧伤。"在水一方"的佳人其实也就那么回事，最后还得费劲巴拉地蹚着水再回来，只多平添一重内心失落。早年听京剧《四郎探母》的折子戏时，曾心中暗叹，杨延辉实在太懦弱，小媳妇那么悍，那么无理，我若是他，骗得令箭后，一定一去永不回，从此龙归大海、虎入深山。当然，不排除最后一夜，捧住公主的脸，深情凝望一番，其实在心底作默默的告别。后来很多年，才听到全本的所谓"连台本戏"，即刻否定了自己的年少轻狂。不对不对，还是得回到公主身边。原来，宋营中除了老娘亲，四郎还有位原配夫人孟氏。旧人都忒讨厌，就知道哭哭啼啼拉拉扯扯，怨妇，腹黑，还翻旧账，避之唯恐不及，相见争如不见。两相比较，自然还是小公主俏皮、可爱，玲珑得讨喜。其实原本不必逼四郎发毒誓的，早知他一定会回来。旧戏就是这样，入情入理，一字不能动。

# 欢乐英雄

　　我们一行数人，在炎炎盛夏，乘高铁由北京南站出发。
六小时后抵达另一座陌生的更加炎热的城市。接待方安排
了一顿至简晚餐，然后我们被一辆面包车拉到某处会议室，
开会。直至午夜。

　　第二天，继续开会，第三天继续开会。我们的任务是
制作一部30余集的系列短剧，半个月后要播出，此后边写、
边拍、边播，而且是——每天播出一集。可悲的是，直到
下火车时，我们还不知道，我们到底要写什么和要拍什么。
直到三天会议结束，才大致讨论出一个方向。

　　第四天，中午，吃剧组盒饭时，导演和三名编剧简单
商讨了下剧情，惊鸟般各自回屋码字，任务明确，每人（连

导演在内）务必在七点前各完成一集剧本，以供第二天开机拍摄。四集剧本在一个下午的时间草草完成，然后，顺利开机。

职业特工队有以下成员：小秃瓢导演是大师的学生，穿休闲短裤，匡威球鞋；执行导演是帅哥兼健身狂人，即便连轴工作 16 小时，仍不忘在剧组房间坚持健身；总摄像是年轻的大师；编剧组则由我本人负责招兵买马，骗来了四名 85 后美女联手供稿。

三周后，仍未崩溃掉队的码字美女只剩下一位戴白色礼帽、穿背带热裤和人字拖的靠谱青年了。和美女们工作，最大的苦恼是——她们会排着队来例假。而且，一来例假就会闹情绪。一闹情绪就会动摇和畏难。得耐心地分头做思想工作，一堆经验之谈等着告诉她们。诸如，这是针线活儿，需要相当的耐心和专注，一分神，针就会扎了手。缝乱了，还得拆了重来。日程紧迫，拖一天，整个剧组会被推到停工边缘。

对于特别文艺、特别小资、特别有艺术追求的，还要告诉她们，我们只是出租汽车司机，目的地是雇主定好的，这不是自驾旅行，不能想去哪儿就去哪儿。

基于人类幸灾乐祸的本能，不停地及时播报——

一、演员在现场被热得纷纷中暑。

二、导演在剪片室加班至凌晨五点，赶工完成当晚就要播出的那集。

三、三天没睡的剪辑师在辐射巨大的机房竟然反锁门睡着了，害得一帮人砸门解救。

四、总摄像后半夜在梦中被叫醒，告知即将播出的那集竟然需要补戏，于是赶紧召集本部人马，提溜起相关演员，摸黑赶赴片场补戏。

五、一切的一切只为激发编剧们产生这样的感叹，哦，原来我们并不是最辛苦的。

谢天谢地，天道酬勤，终过三十个不眠之夜，一个个难关总算让我们生蹚了过去。尘埃落定，大功告成，打开文件夹，滑动鼠标，把剧本初稿、修订稿、修订2稿、最终修订稿、最终修订2稿，全部粉碎删除，不禁感慨万千，想起老话一句——有志者事竟成，破釜沉舟，百二秦关终属楚；苦心人天不负，卧薪尝胆，三千越甲可吞吴。

# 最后的婆媳

　　原本，我们接的是一部青春爱情轻喜剧，谁知天有不测风云，由于种种不可控的买方市场原因，制作方突然决定临时变阵，拍一部所谓"接地气的""贴近生活的"婆媳剧。我们的工作随之变成了"不可能完成的任务"。事后回想，当时我们就该领了安家费，原地解散，由制作方重组"婆媳队"编剧人马。

　　但是，由于日程紧迫，需要马上拍摄且播出，已来不及改组换人。制片人凭借"阿汤哥"般大无畏的英雄主义冒险精神，高调力挺我们能像"职业特工队"一样，接受这个"不可能完成的任务"，强攻险阻，勇攀婆媳剧新高峰。全未曾考虑，我们的编剧小组成员纯粹是因青春爱情剧招募来的。三个女孩都是白痴型"恋爱狂",刚刚走出校门没几年,没有丝毫"现实"生活经验,浪漫的"不现实"的生活经验倒是在背包里满满地揣了一大把,不过,至此已全无用武之地。

当晚,我奉命召三位美女开会,劝说她们迎接挑战,老板非要跟风这事儿谁也没辙,编剧和战士都应以服从为天职,OK散会,没有宣布即刻退出的,第二天凌晨都要交稿!仨姑娘哭丧着惨白的小脸各回剧组房间打拼去了。我也没闲着,等稿期间,恶补婆媳剧的前世今生。

此前我压根不知,原来,所谓"婆媳剧"在荧屏上早已如二十世纪八十年代地摊上的武侠,不但蔚为大观,而且泛滥成灾。擅写婆媳剧的行家名手也如武侠当年,各立门户,派系繁多,有金庸古龙,有梁羽生温瑞安,甚至有柳残阳上官鼎,具体名字上不了台面的就不列举了,总之人家有生活、接地气,本身就在家长里短婆婆妈妈鸡毛蒜皮鸡飞狗跳中,长得都挂相,扔到菜市场就是"大妈",一身俗气——俗世的烟火气。

再看我们的三位小清新编剧,聊的都是美食、星座、失恋、宅、穿越、疏离感、治愈系,想想都替她们捏把汗。她们的婆婆长啥样都不知道,小媳妇的小日子距她们很遥远。能不能嫁得出去,还是悬案。

果然,三位小清新的初稿全部被打回。每人又点灯熬油不吃不喝地修改甚至重写了七八遍后，一个个几乎都散瞳了，眼神涣散到怎么看怎么像被拐卖的脑残少女。导演暴跳如雷，举着剧本怒吼："你们四年的戏文专业都学到了什么？！"挨骂后，可怜的小孩们更找不到北了，埋头打游戏玩微博刷屏疗伤。

实在没辙，工作总归要有人做，最后只好由老师傅我亲自出马，铺开她们的婆媳废稿慢慢梳理细节，耐心整合，按大BOSS的思路重写交差。不眠之夜，常仰天叹息，同时，暗下决心，我还不信了，一定要攻克婆媳剧这个难关！

经过无数昼夜的不眠不休，无数次地修改重写，千辛万苦尝遍，终于，剧本获得通过。真是"功夫不负苦心人"，最终，我们的婆媳跟风处女作不但顺利拍摄播出，且创收视纪录——创黄金时段收视率史上最低。直接导致剧组解散，导演辞工，投资人赔到吐血。

不过，这只证明了一件事——无论是谁，只要违反了艺术创作规律，都只能注定失败。越是努力，越是刻苦，就越是南辕北辙，缘木求鱼。少数人错误的决策，是大多数人灾难的渊源。这段催人泪下的肺腑之言，是在卫视台审片会上，本人作为编剧代表的总结性陈词。

# 编剧二三事

很多年后我终于不再做编剧，升级成为策划，可以像当年那些老流氓诱惑我一样去诱惑下一代有理想有才华的年轻人。喂，想挣钱吗？跟我干吧，第一年买车第二年买房第三年退休。但是，上贼船容易下贼船难，哪会有那么容易就让你金盆洗手？

街上到处都是搞影视剧的，躲都躲不开，碰到你，保准一个金丝缠腕将你一把擒住："有剧本吗？没有？写不写？不写？钱像白捡的一样容易都不要？"总之，诱惑无处不在，个个都是拎着一麻袋钱，等着想砸你的主。

通常，这些钱你挣不到，改剧本能把人改神经了。当投资人制片人甚至导演谁都不知道该怎么办时，唯一的办法只能是让编剧把剧本再改一遍。怎么改？ you 问 me，me 问 who？

　　基本上就是陷入了迷魂阵。三十集的容量，十来个人物，要有聚有散，有恩有怨，有终成眷属的，就注定有黯然离开的，男人要悲壮地死去，女人要温柔缠绵。如何解释命运，怎样阐述时代，爱别离，怨憎会，求不得，生老病死，喜怒哀乐，翻云覆雨，播弄他生，安排他死，一波未平，一波又起，何时是梦醒时分，到哪儿才算一站。反正就是一句话，剪不断，理还乱。

　　要把这一大坨人的一大坨人生都调理得清清楚楚明明白白，针脚缝密实，线头系结实，情节砸瓷实，其间还要幽默，还要悲情，还要感时伤怀，又得铺平垫稳，三顶四撞，迟缓顿急，又要不露痕迹，绵里藏针，挖云补月——容易吗？三个字：不容易。五个字：绝对不容易。

　　好编剧和坏编剧的区别是，坏编剧们通常就是混，狗揽八泡屎，有枣没枣三杆子。好编剧是真当自家作品来创作，但你架不住别人混，好不容易出一杰作，好好一剧本，最后让导演拍砸了，搁谁心里都搓火。

　　世上许多的人与事，道理相通。常想起那句："你一旦做了江湖人，你就永远是江湖人。"或许只有聪明人才懂得及时收手。江湖不险恶那还叫江湖吗？曾很仰慕一位编剧界前辈，约了好几次，想碰个面喝回酒，结果最终没喝上。老爷子某年写剧本，睡得好好的一翻身，由床上掉下来，摔死了。其实是过劳致死。另外还有坐书房里写着写着，突然趴桌上过去的，有生给写抑郁了，自我了断的。说出来像是编的，其实都是真事。

# 娱乐至死

下厨之余，翻阅闲书，偶然看到了列宁。列宁认为，布尔什维克必须把成员限制在那些"不仅把他们晚上的闲暇，而且把他们的整个生命都献给党"的人。——哦，列宁，真伟大。——那么，好吧，是不是可以这样说呢，电视剧编剧就是那些必须把生命的全部闲暇献给肥皂剧的人。

其实这个时代，说穿了无非是牺牲自己，娱乐大众。顶尖的娱乐人物自不必提，喝大了要掏心窝子的话，个顶个，肯定全都一把鼻涕一把泪的，血泪史。还是别掏了，留着吧。

就说幕后工作者，想来亦难逃此劫数，比如——电视剧编剧。

暂时先不算电影编剧了，因为真有不少人特真诚地把电影当艺术。人家就这么想，这事咱也没办法，咱还是糟践电视剧吧。

在和平年代，电视剧可说是这世界上需要绝对认真对待的一件大事。这么说吧，编剧是冲在阵地最前沿的战士。所以呢，很光荣。在每一位编剧战士的身后，又有无数后备役战士整装待发，随时准备为"娱乐事业"为"他人夜晚的闲暇"献身。

我对职业编剧是从骨髓深处由衷心生敬意的，他们大多近乎自虐般的勤劳，有着顽强的毅力、坚定的目标、钢铁般的神经、丰富的想象力、飞快的打字速度、拧巴到极点，有过抑郁症经历，总之，是个奇怪的综合体。

一般来说，剧集都超长。剧本码字的工作量都巨大、超大。像是长跑！又要赶时间，随时要冲刺。说起来，真的是一项体育运动。有个朋友说，他一天最清醒最好的时间是献给电视剧的，剩下的给自己，主要是自己的理想，再剩下的时间才留给自己的下半身呢。不过，基本上也不剩什么时间了。也是，闷头一块砖一块砖地码，一天下来，精疲力竭，手指酸痛，缩成一团，绝对无力调情。

"不仅把他们晚上的闲暇，而且把他们的整个生命都献给党。"嗯哼，作为一名钢铁战士，不能有私人感情。

凡是码字的，无论小说家还是专栏作者，完全没碰过电视剧的——少！但，大多羞于承认，耻于提及。要我说，大可不必。真不是说反话呢，我觉得写电视剧特光荣。

上海的王安忆大姐说，继承了中国传统评书艺术的当代形式是电视剧。这是我姐姐的真知灼见。小说都后现代了，电影都像诗一样朦胧了，也只剩下电视剧老老实实讲故事了。老老实实中规中矩有什么不好呢，总比用朦胧来蒙事好。所以电视剧并不低贱，相关从业人员也大可不必自卑。

至少作为某种赖以谋生的手段，犹如电影《七武士》中的那一碗白米饭。为"饭"工作永远是骄傲而光荣的。编剧和小说不同，小说是私人性质的，犹如写情书。小说，就是小声说，情话嘛。编剧事业就相对要严肃，因为肩负着一整套工业机器能否顺畅运转。影视工业达尔文主义盛行，绝对也是有道理的。为了不被老板开除，有追求的还要尽最大可能讨老板欢心，我们必须付出艰苦卓绝的努力。

从前，有朋友劝我就某个主题写本书。我摇头叹息，写啥书呀，我要做一些更有意义的事情——写电视剧。电视剧难道就不可以是诗了吗？只要胸怀神圣的民族使命感，坚持古典浪漫主义情怀，以振奋民族精神为出发点，以传承民族文化为己任，气壮山河的超长剧集，简直就是——民族史诗！

固然，一个聪明人，和一堆笨蛋搅在一起，混长了，最终会变成另一个笨蛋。但我总觉得，如果李白活在今天，也是会去写电视剧的。

# 何谓天赋

《武经七书》中有一册叫《二李谈兵》，是李世民和李靖的 MSN 聊天记录。李世民 98 问，李靖 98 答。因为少年李世民从前常打胜仗，胜得稀里糊涂，不明白自己怎么就胜了，事后追忆，就向李靖请教，李靖援引了历史上许多著名战例和孙武曹操等名将的军事理论，最终印证李世民英才天纵，行事皆暗合兵法。

历史上另一军事方面的天才儿童自然是霍去病，据说这位"战神"是从来不读书的，讲究"顾方略何如耳？不至学古兵法"，就是说，读书无用，随机应变就好。曹操对他的评价是"天幸"，翻译成白话，可以理解为"运气好"，也可以理解为"上帝握着他的手，这事儿谁也没辙"。反面的例子自然是"读书破万卷"的赵括，除却配合白起共同成就长平之战的千古悲剧，还给我们留下"纸上谈兵"的宝贵教训。

私议霍去病和赵括，一个是具有"运动天赋"的足球明星，另一个是适合坐在演播室评球的场外解说员。同理，情感专栏作家未必有恋爱天赋，著作等身的性学大师或许非但没有实战的"运动"天赋，说不准还有某种隐秘且不为人知的"障碍"。随着阅历的增长，我发现这类没有"运动天赋"的人其实还相当多，若集体穿越回战国，碰到赵括都有的聊。

所谓"运动天赋"就是猫天生会捉老鼠。有一年，合住的小朋友出于女孩子天生的爱心，私自从街上带回一只无家的流浪幼猫，正是最可爱的年纪，只有一只手掌大小，翘着尾巴，眼神清澈，不认生，喜欢跟着人在几个房间里来回转，对世界充满好奇。太小，还不敢从高处往下跳呢，给它抱到窗台上，就只能老老实实特别可怜地待着，很听话。因为住的是老楼，某天恰好用完洗衣机，忘记了堵上下水道，又因为附近施工，打扰了老鼠们的地下世界，于是恰好有一只耗子从下水道爬了出来。见证奇迹的时刻是，那只让人怜爱的弱小幼猫见到耗子，仿佛眼前一亮，像被神的光芒顿悟般点亮了前世记忆，想都不想，欢天喜地般，噌一下就扑了过去，玩似的杀生。未及阻拦，"战役"已在瞬间结束。

　　我震惊，是因为此前曾见到过哲学家般戴眼镜有学问的老猫，和耗子狭路相逢，先寒毛倒竖，嗷一声狮吼虎啸，类似武功大师先摆个黄飞鸿式 POSE 样。有没有吓到耗子我不知道，倒是把我吓得不轻，也跟着一通寒毛倒竖。

# 余 生

　　1945 年，美国远东军第 21 轰炸司令部长官柯蒂斯·李梅决定冒险对日本实施燃烧弹空中打击。作为二战史上著名的冷血悍将、战争狂人、绝对的唯暴力主义者，据说此人沉默寡言到从不微笑，偏执般醉心轰炸事业，致力于将飞机变成杀人利器。

　　史载：1945 年 3 月 9 日暮色苍茫时分，美军 385 架 B-29 飞机携带 2000 吨 M-69 集束燃烧弹奔赴东京上空。3 月 10 日子夜 0 时 15 分，2 架导航机在预定目标按十字形投下燃烧弹，迅即燃起两条巨大交叉火龙，随后美机以单机间隔 15 米鱼贯俯冲而下，超低空轰炸东京，另有数十架美机直接洒下了数十吨汽油，令燃烧弹迅疾聚成烈焰风暴。第二天，东京电台如此描述这场大灾难：这璀璨的夜晚将永远留在目击者记忆中，整个城市亮如旭日，天空弥漫的浓烟、黑色灰烬和大风吹起的球体火焰，令整个东京仿佛化身《神曲》中的炼狱。

东京大轰炸是战争史上的重大灾难之一。一夜间东京四分之一建筑被烧成废墟，人员伤亡惨重，百余万幸存者无家可归。仿佛是一次烧烤狂欢，东京上空弥漫的诡异肉香，给许多参加"火烧东京"的美国空军战士留下了终生无法释怀的嗅觉记忆。

冒险成功的柯蒂斯·李梅此后依法炮制，轰炸大阪，轰炸名古屋，轰炸神户……大城市扫一圈后轰炸二级城市，二级城市扫完一圈，从头再来，第二轮攻击东京。总之，打算用熊熊烈火将日本彻底埋藏，成全其"玉碎"。

那一年，三岛由纪夫20岁。3月10日午夜的东京大轰炸令这位未来的唯美主义作家极度兴奋，极度痴迷，以致肉体战栗。探照灯的光柱，烟花般盛开的大爆炸，市区燃烧的大火，冲天火光中的滚滚浓烟，三岛驻足观望，多年后仍忍不住惊呼，那才是世间最绚烂的极美。由此奠定三岛由纪夫"行动美学"理论，生如夏花，逝如焰火，开到荼蘼，死磕到底，恶之花中蕴藏真美。"我是这耀眼的瞬间，是划过天边的刹那火焰，我要你来爱我不顾一切，我将熄灭永不能再回来。"当然，这是朴树，不过倒颇能替当年的三岛由纪夫传情。

　　话说，同年 8 月，日本投降后，38 岁的柯蒂斯·李梅少将独自驾驶飞机，由北海道起程，中途未作任何停留，伤感地飞回美国伊利诺斯州的芝加哥，据说还创造了一个什么飞行世界纪录。多年后，曾强烈渴望死于战争的他回忆说：“使我感到不安的是战争的结束。”

　　非常理解——有过如此历程，此后都是余生。

# 卡萨布兰卡

　　他和她在一座即将沦陷的城市邂逅,某种潜藏内心深处不便明说的末世感将他和她的肉体之爱干柴烈火般激情化,体温迅疾飙升至沸点,肾上腺素突然而大量地分泌足以令人出离现实,幻觉中,天地间仿佛只剩下了他们的爱情。纯粹的绝对的像是一生唯一的使命,肉体不知疲倦,灵魂因此升华。

　　爆发式超负荷的爱注定是短暂的,于是,导演选择了让她离开,"琴声何来,生死难猜"式的不辞而别。受伤的他独自来到世界尽头的另一座城市——卡萨布兰卡。他开了间小酒吧,隐身市井,默默疗伤,直到数年后,她再次出现……

公映于 1943 年的电影《卡萨布兰卡》原是不必复述剧情的，相信都看过、听过、谈论过、曾为之着迷过。理由可能是喜欢亨弗莱·鲍嘉，喜欢英格利·褒曼，喜欢《时光流转》，或者，就是喜欢那样一种独特而奇怪的"调调"。剧照镶进墙壁镜框，房间的气质都仿佛立刻有所不同。不过，最令我惊讶的是本片导演迈克尔·寇蒂斯，据说他一生拍了 169 部电影。悲惨的是那 168 部，我们都没有看过，想来也不会有兴趣去看。

我个人曾把《卡萨布兰卡》看作是一个类似"华容道"的故事。关云长爱刘备，曹操爱关云长，在刘备暂时失去下落的前提下，关云长委身曹操。关云长嘴上从不承认他爱曹操，关云长一直口口声声说他永爱刘备。和曹操暧昧了一段日子后，刘备有了消息，于是关云长毅然弃曹操而去。很多年后，关和曹在华容道相逢。恰逢曹落难，落到了关的手中。关第二次做出了对不住刘备的事，放走了曹。有所不同的是，在《卡萨布兰卡》中，是"关公"再次落到了"曹操"手中。最终，曹操以爱的名义，放走了关云长和他的爱人——刘备。

故事若放在和平年代，想来是不成立的。一、"她"的道德困境是罪恶的战争造成的。二、"她"和她的丈夫，有反法西斯主义作盾牌。于情于理，"他"都只能再吃一次亏，冒着生命危险护送"她和她丈夫"出境逃生。否则"他"的故事也就失去了被搬上银幕的理由。大时代和小时代毕竟不同，大时代感人的爱情，若置换到小时代，非但毫无动人之处，且令人一想就恼火——贱人，我他妈欠你的？！

　　口是心非是"她"和"关云长"的共同特点。关云长口口声声说爱刘备，不爱曹操，但一碰到曹操，就会立刻出轨。"她"则口口声声说爱"他"，但是在剧中，做的尽是不爱"他"的事。不过，对于剧中的亨弗莱·鲍嘉，相信英格利·褒曼曾经爱过他，或者一直在内心深爱他，比不相信要好。我们曾拼尽一生能量去爱的人，竟然从来没有爱过我们……

# 需要一场倾诉

　　《克莱默夫妇》，艾弗利·科尔曼著，译林出版社1992年2月版。书买了20年都没看，封面已泛黄。是一本薄薄的消遣小说。下午在炎热中翻了半本，像所有的流行小说一样，谈不上特别好，但好像也不是那么坏。较之电影的浪漫，小说更现实、琐碎和残酷些。

　　所谓"也不是那么坏"，其实是宽厚的客气话，翻检美国畅销小说，什么《克莱默夫妇》《廊桥遗梦》《再见钟情》《阿甘正传》《达·芬奇密码》……一堆，从文学角度看，其实统统可归类为垃圾。只因有时空距离，谁也不会认为这些东西和"伟大的美国文学"有半毛钱关系。这就是所谓旁观者清，当局者迷。

翻完小说，还是忍不住重温了一遍电影。发现：一、电影中乔安娜的律师长得很像《落水狗》里的粉红先生。二、找一个妇解女权型的神经病女人当老婆真是毁人毁到家了。三、电影确实感人至深。

小说原著，柴米油盐的小日子气息很生动，常令人会心一笑，碎碎叨叨事无巨细地讲述了一个男人在婚姻全过程前前后后能遇到的所有困境，恋爱、结婚、生育、离异，没有一件事在作者看来是美好浪漫的，作为集一切烦恼之大成的情感作品，书中常有这样的情节，他本来不想把和老婆吵架的事告诉同事或者朋友，忍了两天后，他终于还是说了，说完之后，他感到轻松了许多。

沉默、隐忍、安静、节制，敏于行慎于言，作为传统美德，是欧洲的骑士文化、绅士标准以及东方的武士精神或儒家思想，不谋而合、共同推许的修身准则。换句话说，他们反对倾诉。还是现代观念更人性化，倾诉是被鼓励的，说可以释放和缓解精神压力，有利于身体健康。还有什么比活着，且活得精神肉体都健康更重要的呢。

传统派的倾诉方式是找闺蜜或者酒肉朋友，和闺蜜逛一整天街，购物败家买衣服坐咖啡店，走走停停东拉西扯，不知不觉间，完成倾诉，或者请客吃饭，来宾控制在最要好的少数几人，连吃带喝，一瓶白酒或八瓶啤酒后，倾诉的闸门彻底打开。

若想减少花费，简捷方便的方式是发微博，140字的空白页面随时欢迎你倾诉，只需将心事轻轻填写完毕，食指一摁发布键，OK，万事大吉。一条若不够，五条八条十条，据我的观察，还很少有人能连发十条，仍没有平息下来的。

　　当然，不能一概而论，世上确有倾诉狂，常年坚持，一发一串，激情四射。作为他们偶然路过的读者，我常心生惋惜，一年下来，十万字想来总是有了，结集出书吧，翻回头去，想再去寻找欣赏一下他们的惊世杰作，通常发现，那些字早已被博主删了个干干净净。

　　玩微博的日子，常和种种变相的倾诉不期而遇。他是私企老板，他破产了。她是歌手或者模特，她失恋了。他是公司白领，他失业了。她是全职主妇，老公突然鬼鬼祟祟躲躲闪闪疑似外遇了。总之，他们拧巴了，纠结了，过不去了。世界突然变得灰暗，人生仿佛再无意义。或满腔怒火，或怨天尤人，一句话，感觉被黑哨了潜规则了，不平则鸣沉默中需要爆发。于是，天马行空，气势如虹，写嗨了，绝逼话痨、狂喷、横扫、信口开河、满嘴跑火车。面对电脑另一端，常常惊叹，原来，天才真是他妈的被激发出来。

　　多数人的密集倾诉是偶发的。可能是忍无可忍写了一条，不过瘾，不能完整表达自己的愤怒，遂又写下第二条第三条。那些注定将被博主自删的文字，是如此的铿锵有力，掷地有声，无意间极具文采，在午夜时分，他们怀着如鲠在喉不吐不快的山洪暴发般的激情，或声讨自己老板，或痛骂家中老公。偶然撞到那些电脑另一端突然的爆发，常将我惊得只敢默默围观，而不敢发一语置评。过后很久，若恰在某些场合碰到，语境合适，才敢假装有意无意地轻问一句："那天你怎么了？碰到啥事了？"

# 像朵不凋零的花

著作等身的法国"金庸"亚历山大·仲马有一部离奇诡异的小说作品《巴尔萨莫男爵》,简体中文译本名唤《风雨术士》,砖头般厚厚的上下两部。

故事的主人公约瑟夫·巴尔萨莫具有某种神秘的才华,擅长催眠术、炼金术,且博学至凡人难以企及的境地。由于想称霸世界,实现他的远大理想——建立一个人人平等、自由民主的世界——于是,他耗尽毕生功力,建立了一个庞大的有着无数分会的秘密组织,誓要推翻路易十五的君主统治。当然,像"陈近南"一样,巴尔萨莫没有成功,也不可能成功。不重要。重要的是时代风俗画卷可借此缓缓展开,让大仲马先生足够收获到百余万字的稿酬。

且说，巴尔萨莫有一位老师，叫作阿尔托塔斯，是个"风清扬"式的人物，他对巴尔萨莫的世俗事业目标毫不感兴趣，出场时，他已与世无争，专注于长生不老药的研究。最终，已达疯狂境地的大师认定，只有童贞的鲜血才可能帮助他达成永生。

　　那名持有童贞的绝色美女叫洛伦莎。她是巴尔萨莫最心爱的女人，在名义上是他的妻子。作为野心家，他需要利用被催眠的洛伦莎达到某种超能力，而她童贞之身的破坏会让他的魔法失效。在整部书中，他和她彼此爱恨交织，是一对不折不扣的怨侣。她多次向他乞求自由，无性之爱令她生不如死。最终，巴尔萨莫在反反复复的内心冲突后，放弃了对她的精神恋爱，也放弃了她的利用价值，接受和她拥有真正的爱情——肉体之爱。

　　铺陈完毕，悲剧发生。某天，巴尔萨莫突然发现洛伦莎失踪了，在老师的房间，他看到满地血迹以及洛伦莎的尸体，她的血已经流尽。阿尔托塔斯正在狂笑，误以为已借助童贞之血配成长生不老药。悲愤的巴尔萨莫告诉他，几天前，洛伦莎已成为他真正的妻子。他守在洛伦莎尸体边，据描写说，一转眼老了二十岁。陷入黑暗深渊般绝望的阿尔托塔斯燃火自焚，巴尔萨莫眼见老师被大火烧死，转身离去。

　　永生是人类童年时代的终极幻想，每当看到这类作品，总会想起梁左在《笑忘书》中说，活一百多岁多没意思啊，同龄的朋友都不在了，到时，既找不到人聊天也找不到人打麻将……

正因为会凋零会枯萎，所以鲜花才是鲜花，盛开时才是美的。

# 从前，女孩搞不懂的事

　　小莉和我是小学同学，失去联系已很多年。突然想起她，并千辛万苦辗转问到她的电话，是因为我重看了一部怀旧老电影——《鹰爪铁布衫》。仿佛被勾起浓浓乡愁，幼小无知年代的同桌女生的脸，亦在意识中一并浮现，由模糊逐渐清晰。

　　应是二十世纪八十年代初期，香港武打片在内地风潮般泛滥时，印象中，电影还是学校组织看的，不看不行，集合排队，浩浩荡荡地去的影院。黑暗中，小莉恰好挨我身边坐。情节进展到将近尾声，女孩突然看不懂了。银幕上，一个擅长鹰爪拳的武功高手突然捏住了另一个练铁布衫武功高手的裤裆，术语叫"罩门"，电影用蒙太奇画面表现了

"捏"的全过程。女孩凑到我耳边，天真且疑惑地问："他捏的是什么？"我没理她。直到剧终散场，小莉仍不依不饶追问我："为什么？为什么那个人的裤裆里会有两只鸡蛋？"得不到解答的她迷茫且无助。

重新观影，同一情节引发了我深深的思考。我一直在想，当时，我该怎么回答小莉呢？事隔多年，小莉说："谢谢你打来电话，我记得那部电影，也记得少年时的困惑。不过，很多年前，我其实早已经搞明白了。"

原来，在影院坐小莉另一边的男同学比我好心，在一个家中没有大人的星期天，他现身说法，解开了小莉的疑惑。小莉伸手试捏，那位男同学痛得差点当场晕厥。

很多年之后，早已为人妻为人母的女孩小莉，在每一个黎明黄昏下厨为丈夫和儿子准备早餐或晚餐，偶然从冰箱用单手拿出两枚鸡蛋时，总会不经意间联想起未成年时的那个阳光灿烂的下午，她在小学校附近街边破旧影院中曾邂逅过的那部粗制滥造的破电影，以及后来那些长大成人的岁月……当然，这只是一个造句练习。

但是，就是那样一部在香港武打片回顾史中甚至连提都不值一提的电影，后来，却不断在种种闲谈忆旧的场合被提及，那一年，有人可能五岁，有人可能十五岁，却都对当天的观影，印象深刻且津津乐道。最后，彼此认定，呵原来我们算是一代人，有着共同的记忆。所谓的"代"，就是恰好在同一时期出生，有着许多细微且千丝万缕的共同经历共同感受的无可奈何的命运。

# 相见不如怀念

　　二十世纪四十年代，上海大舞台有一位从北京来的年轻科班武生，每日登台，演出《界牌关》《挑滑车》《铁笼山》等一系列武戏，每出都是看家本领。台上顶盔掼甲，背插八杆护背旗，威风凛凛。比起旦角行头，武生的"长靠"才真是世上最华美的盛装。与挎刀的花脸武净对打，两方刀枪互攻间还要眼花缭乱各自不停旋转，动感之美，真浓墨重彩的绚烂。

　　彼时，另有一位年轻"戏迷"，每晚都去看那武生的戏，留下终生难忘印象。两年后，台上的武生载誉回京。台下的"戏迷"南下漂泊，终落脚香港。二十余年过去，六十年代后期，"戏迷"竟也一举成名，拍出震撼香江的多部武侠片经典。这位年轻的"戏迷",自然就是香港武侠片之一代宗师张彻。

两年来,断续反复在看张彻的《回忆录·影评集》,以及他生前拍过的九十余部电影。惊讶发现,他通过九十回不断重复,建立起的"盘肠大战"独特风格,竟全部承自那位早年在上海滩昙花一现的武生。武生叫高盛麟,在京剧界自然仍算名家。但用张彻的话说:"高盛麟这人现在根本不听说起了。"好奇心大炽,遂找来高盛麟《艺无止境》读了。高先生坦诚得可爱,作文交代了他后来是如何萎靡不振,马马虎虎穷对付,直到解放前沦为"底包"的历程。最穷时,说他和裘盛戎共用一条演出裤子上台前来回换穿。好在后来解放了,高先生成为人民演员,后来还做到了某偏远京剧团副团长。

上世纪八十年代初,张彻先生回内地拍片,高先生仍健在,但未有任何资料显示,一代武侠宗师探访过高先生。倒是在回忆录中,张彻对初见惊艳的高盛麟,仍盛赞有加,久久怀念。他和他彼此不相识,只一个台上,一个台下。我自然希望有下文,若我有机会寻访旧时偶像,相见情所必至,可是,我俗了,用李敖话说:"从唯美主义观点看,却不见最好。"

捻指间,春夏走过,秋去冬来,本日恰是《南方都市报》执笔"双城记北京"整一年,无论如何是到了演出结束、灯光渐亮的散场时分。去冬，曾和小说界亦师亦友的故交彼此短信致意，被问：忙甚呢？我答：读闲书，写专栏。被回：真好日子，优哉游哉。日子的确是好日子，只是好日子和好花好景一样，不会也不该太长久，见好当收，见坏更须及时身退。一年来，只知我在写，也不知有谁会看，总之，无缘就此别过，有缘，他时他日，山水再相逢。

辑 二

城南，南城

# 旧时的戏园子大街

《我爱我家》一直是剧集中我的最爱，不用说，必然也会极喜爱剧中的贾志国。不久前，偶然电视上看到贾志国，嗯，好吧好吧，杨立新，接受凤凰大视野何东先生访谈，主题之一是如何构建中国的百老汇，觉得杨先生说得真的是非常好。比如，他自称受贾二贾三包子铺启发得来的那一句"生意得伙着做、挤着做"的理论，当时就暗暗点头。

北京的剧场确实是分布得有些过于零散，东一家西一家南一处北一处的不说，有些新冒出来的小剧场还隐藏得特别深，就是那么的低调内敛不起眼，夜上浓妆时偏它头顶上没有霓虹灯箱，庞大臃肿几近饱和的城市中，能租到一块地界就不容易，至于位置，显然也管不了那许多了。

资深剧迷老少文艺小资倒是不碍的，常见他们东跑西颠，乐此不疲。多少年后，若是同道中人回忆起个中滋味，显然可写成一篇亚群体的隐秘地理图。但对我这种尚未爱话剧爱到痴狂的主儿来说可就惨了，偶被别人叫去看戏，一路上左一个电话右一个电话地找不到地方，戏未开场已自暗暗叫苦不迭。下一次，又是陌生新剧场，再好的戏也先含糊了，甭去了，着不起这急。所以，对于杨先生东自保利沿篦街一线而西至首都剧场建设剧院群落的构想，颇为认同。戏散了，篦街吃饭，边吃边聊谈感受，想想就觉得特别对，犹如当年，梅兰芳梅先生夜戏散场，必至戏楼左近的美食街门框胡同宵夜。

其实，在早年间来说，所谓中国的百老汇大街，现在想想，还是有的。电影《霸王别姬》有句台词，是段小楼说的，"您还记得那时候在戏园子大街我说过什么吗？"虽然，民国时代的旧京城，并不实有戏园子大街，应是电影原著及编剧李碧华的创造。但是，显然，谙熟旧京掌故的李碧华是从当时正阳门外那一连串纵横逶迤的大街小巷虚构而来。

那时代，老北京人都爱听戏，连拉洋车的都摇头晃脑地有口儿唱。京戏，非但是城中市井细民日常生活中主要的娱乐消遣方式，亦是他们悲欢歌哭的抒怀传情、精神寄托。所以，旧日北京，戏园子极多，东西南北四九城都有分布。比如，阜成门外有阜成园，崇文门外有平乐园、广兴园，西单有长安戏院、春仙茶园，东四有景泰茶园，东城金鱼胡同有吉祥戏院和丹桂茶园，地安门有天和茶园，鼓楼东大街有天汇茶园。但这些都只能算是零星分布，要说起戏楼、戏馆、戏园子最集中的地界，谁都知道，那还得说是前门大街。

虽说，比起贯穿纽约曼哈顿岛的百老汇，前门外的那块地界可能显得偏小，但就百老汇以纽约时报广场附近12个街区内的36家剧院的数量来算，老民国时代的前门外，细数，应不止12条胡同，亦不止36家戏楼。首先，肉市街路东有广和查楼，大栅栏西口有广德楼，东口有庆乐园，中间有三庆园，和大栅栏正对的鲜鱼口有天乐园，和大栅栏丁字形相切的粮食店街有中和园，一拐弯的门框胡同有同乐茶园，再加上珠市口柳树井街的第一舞台，路南的开明戏院，西口的新明戏院，煤市街的文明茶园，前门外西河沿的正乙祠，一路算下来，简直密密麻麻，数不胜数。鳞次栉比中，以广和查楼最为著名，因是富连成科班风雨无阻的固定演出场所，京剧界的前辈们及戏楼老板的后人，都曾分别对戏院的结构、布局、历史变迁、繁盛往时的戏迷百态有过详尽的忆述文章，描绘极细，既是贵重的文史资料，亦是后世许多和京剧相关的影视作品搭景时的美术参照。

说起来，整个的前门外地区，本是巴掌大的一块地界，戏楼间彼此的距离，基本上能步行可达，而且是缓步，溜达着，说话就到。甚至有些戏楼，就是在某条狭窄逼仄宽不过两三米小巷的斜对面，由此方能造就电影《梅兰芳》中，畹华和十三燕打擂台、唱对台戏的热闹场面。情节虽是编剧虚构，但在京剧史上，算来应是不乏其事。一直致力于捧梅兰芳而又热衷顺道踩和一下余叔岩和杨小楼的齐如山齐先生——也就是电影中那个邱如白的原型人物了——就曾在回忆文章中提到，某次，叔岩不愿和梅兰芳同台，于是梅先生大度地让了一步，得，各唱各的吧。结果，梅兰芳的场子当晚那是满坑满谷，挤得就差卖挂票了，叔岩据说可就惨了，是冷冷清清，孤寒得紧。看得我，直替叔岩觉得冤，恨不得穿越回去，替他叹上一声，唉，这世道，糟践了，没人懂。或者直接冲书追问一句：齐先生，您说话，靠谱吗？

# 野猫·白果·神仙蟹

　　从前，听马三立的相声《开粥场》，压轴的惯口活中有这样的词："猪头一个，鲤鱼一尾，一对野鸡，一只野猫，汤羊肉二十斤，黄牛肉二十斤……"一直没搞明白，心说，这帮孙子，真他妈不是东西，怎么还逮了野猫来吃呢？后经王世襄先生解释，才弄明白。原来，早年间，北京的旗人们，言辞讲究雅致，觉得鸡蛋的"蛋"字不雅，什么蛋都会联想到王八蛋，所以管鸡蛋叫鸡子，也叫白果，或者很无厘头地称为"木樨"。木樨肉，就是鸡蛋炒肉，后来写白了，通常写成"木须"。北京有个地名叫木樨地，自搞清楚"木樨肉"来历后，我就一直误以为住那边的百分之八十从前都是挎篮子换鸡蛋的。

野猫其实是野兔肉。旗人一提"兔"字，也觉不雅，兔子是GAY，兔崽子是骂人话，于是改此名讳。

　　早年间，旗人们闲得"木樨"疼，所有娱乐离不开"吃喝玩乐"四个字。到了秋天，吃螃蟹就要提上日程，不但要吃，还要津津乐道。当然，论起对螃蟹的感情，北方人还是差点儿。就算你们祖上是旗人，这一套闲情和风雅也都是跟南方汉人后学的，再怎么假装精致假装有情怀，也比不上人家江南人物的天生如是。人家是难忘，咱们是一不留神就忘。人家是良辰美景，执螯赏菊，咱们吃烤鸭子的肚子，听相声练杂耍行，吃螃蟹差点儿。

　　我就常常忘了秋天要吃螃蟹。去年，刚入秋那会儿，向一个假装懂点美食的女孩提过，想约几个朋友一起吃来着。女孩说，最好的季节还没到呢，再等等。后来再次想起这事，问她。她说，最好的季节已经过去，等明年吧。又说，螃蟹得吃阳澄湖的大闸蟹，明年，约人一起杀奔阳澄湖，顺便游苏州和昆山。

　　我虽不学无术，但好在还识文断字，喜读闲书，马上抬杠说，别逗了，这事哥们儿查过史书，自打中国有飞机那一年，真正的阳澄湖大闸蟹就没在中国的市面上出现过，一小部分飞宫里进贡，剩下的，全部集装箱直飞日本和美国。所以，奔阳澄湖不管用，红桥地下一层的就挺好，差不多得了。

到今年，依旧没吃上螃蟹。想吃螃蟹的时候，螃蟹已经病入膏肓认不出我了，现在连红桥地下一层也都拆迁了。既然最好的季节再次错过，就别硬吃了，省得跟我一位虎头腕老哥哥似的，被人请吃螃蟹，结果吃到的却是"神仙蟹"。吃完打车回家，路上就开始上吐下泻，把人家出租车弄脏了不说，还一路连吐带拉地被好心司机送奔医院打点滴急救。

　　所谓"神仙蟹"，就是不新鲜的死蟹。呔！大胆小鬼子！你们竟敢把阳澄湖的好蟹都划拉走了，剩下死的不新鲜的神仙蟹害得我哥哥拉稀。

# 夕阳武士

　　酒局上，常能碰到名人之后。都是显赫一时人物的孙子。奇怪的是，孙子们对家世通常讳莫如深。有时，酒后直问："哎，听说你爷爷是某某某?"孙子必谦恭答："不是不是。"醒后细想，不认也有道理。一是传说或传记中那人，较之真实，早已面目全非，简直不是同一人。二是在座诸公都喜好钩沉索古，祖上的某些事迹若细论，偶尔也的确不给后人长脸。

　　不久前，遇到某位对旧北京文化颇有研究的兄台，论起吃喝玩乐历史掌故，侃侃而谈，头头是道，人称家学渊源，细一打听，原来竟是前清某贝勒爷之后，不禁肃然起敬。

　　兄台的曾祖是末世贝勒。庚子年间，八国联军祸害北京，在菜市口砍义和拳民，同仁堂大药房门前，好汉们排了一溜儿，自东往西，顺着街跪。不幸的是，贝勒爷那天便装出门打酱油，结果被裹了进去，让人当成了拳匪乱民。不由分说，抹肩头拢二臂，混人堆里就给捏住了，摁地上就砍。特别冤，干脆说，就是被冤死的。不但冤，还委屈呢，堂堂一贝勒爷，竟然屈辱地跪在那里，等着被砍。被砍倒没什么，可是，和没身份的拳民排一块儿堆跪着，丢人。现在，这位兄台想起这事，还替他祖上觉得丢人呢。

总之，咔嚓一声，贝勒爷没了。据说，刚砍完，瓦德西来了，用德语命令洋兵不准乱杀人。但是，晚了，就晚了那么一点儿。据兄台家族长辈回忆，瓦德西骑一匹白马，马蹄声嗒嗒嗒的，后面跟着赛金花，骑一匹红马。瓦德西用德语高喊："刀下留人。"可是，乱杀人的是英国兵或日本兵。他们没听懂。咔嚓一声，贝勒爷，没了。听着不怎么靠谱。许多事，年深日久，传着传着，就传神了。反正就那么个意思吧。

十来年后，民国了。兄台的祖父虽然没了爵位，没想到却修成了一位坊间赫赫有名的大玩家。早年间，北京城的天空有飞鸟。白色的是鸽子，黑色的是乌鸦，灰色的是雨燕，什么鸟都有。玩鸽子的主儿遍地都是，喜欢和乌鸦凑堆儿的却不多。兄台的祖父就是罕见的那位。林子大了，什么鸟都有，祖父就是这么与众不同。黄昏时乌鸦聚集，祖父站在紫禁城边。夕阳西下，他喜欢那种氛围，他要在那里自怜身世，怀念显赫的家世，以及被冤死的老贝勒。

现在，兄台依旧承袭着他祖上喜欢自怜身世的家风，动辄怀想他玩家祖父的十八般武艺，架鹰走狗斗蛐蛐养蝈蝈捧戏子逛窑子，文武昆乱不挡。可惜，世事变迁，英雄已无用武之地。据说，兄台的祖父看着落日，看着乱飞的群鸦，常悲壮地想，这不是英雄的错，是世道不好。悲哀的是，谁也改变不了世道。只有认命。

# 城南，南城

　　早年间，前门外的戏园子都是下午开戏。戏楼和戏楼都挨着。我有位忘年交李爷每天下午都听戏，满街灯火时分，戏散了，约了戏子，到大栅栏找馆子。全聚德吃烧鸭，正阳楼吃螃蟹，厚德福吃瓦片鱼，恩成居吃炒鳝鱼丝。有时候，也去馅饼周吃馅饼。然后，李爷会去西升平或者清华池洗澡。西升平有单间，李爷可以和戏子面对面泡着，说戏。

　　琉璃厂和大栅栏隔一条街。整条街都是纯东方色彩的建筑。琉璃厂往东，隐藏着八大胡同，里面偶尔有西式风格建筑，或者中西合璧式的小楼。早年间，北京人少，到了夜晚，街面常静悄悄的，所谓连一条狗都没有。深夜，长街，偶尔秋风会扫过一两片槐树枯叶。那年月，还有更夫，伴随着梆子和锣声。那条街上发生过许多故事，后来都被人写进了电视剧。

李爷说，早年他们都住胡同里。胡同里常种槐树。槐树带鬼字，有阴气，夜晚，胡同深处的槐树，常带给静寂深巷阴森气息。据说，路遇穿旗袍的女子会有飘忽之感。关于旧日本城夜色之黑，最好的描述来自曾旅行北平的唯美主义作家谷崎润一郎。

照例，胡同深处小贩的吆喝声是不能不提的。他们卖热包子、羊头肉、肥卤鸡。不知为何，这些人喜欢在深夜出来，喜欢在风雪夜出来，吆喝声漫不经心，甚至可以理解成在边走边唱。万籁俱寂时分，他们的声音像夜晚的寒风一样割人内心。李爷说，他每于寒夜守在炉边读书，或是拥了女人将睡，听外面叫卖声悠长嘶哑，无可名状的凄凉感都令他会越发珍惜温暖的火炉、书卷或者身边的女人。

黄包车夫，巡警，沿街叫卖的小贩，据说他们都是沦落的贵族后裔。通常，李爷喜欢把那些小贩想象为深藏不露的江湖废人。他们废了武功，只好守着寒夜，依靠辛勤讨生活，度完平凡的下半生。生儿育女，为家室所累。脸上的风霜，鬓边的白发，环绕的妻儿，磨蚀了他们少年时代飞檐走壁、叱咤江湖的梦想。

再往南，是天桥，是打把式卖艺的地界。早年间的武功大师都是这样的，沦落了，撂地，一趟把式练下来，因为是真功夫，没有花架子，不好看，掌声零落，扔钱的不多，于是轻叹一声："唉，糟践了，没人懂。"基本上这就是最重的骂人的话了。观众中若有懂功夫的练家子，肯定是要打起来的。若没有，武功大师一般就收拾收拾刀枪架儿，夹着，以一种"斯人独憔悴"的苍凉范儿，撤了。

# 相声那些事儿

从前曲艺被称作什样杂耍，包括单弦、评书、数来宝、相声，等等，其中大鼓地位最高，一场演出，攒底的都是大鼓。所谓攒底，就是最后一个节目，大轴。说相声的，名气再大，也就是倒二，那时候叫压轴。这个词跟现在的意义略有差异。

从前，有个相声名家，叫李德钖，艺名"万人迷"，是二十世纪二十年代红遍京津的相声艺人，别看名气大，演出拿的钱，却只有一名普通大鼓艺人的四分之一。还有一位相声名家，张寿臣张先生，是三四十年代最红的相声艺人。最红的年代，想让自己的相声和唱大鼓的刘宝全换换演出次序，经理一听，就是一声冷笑："张先生，您的艺术是好，相声里面是老大，可是再好，您想接刘爷的场，您可还差着行市呢，说出来不好听，底下到时候稀里哗啦起堂一走，您可就算是栽了。"后来又出了个相声名家侯宝林，当年趁着正当红，想要和唱大鼓的拿一样的演出费，经理当时给了他一顿臭骂："一个说相声的想和人家唱大鼓的平起平坐，你他妈的穷疯了想痴了心了吧！欺师灭祖！没这八宗子事儿就！"

　　早年间说相声的叫"说瞎话的"，或者"骂杂烩的"。前一称呼是因为逗哏的洋洋洒洒说一通，捧哏的常会跟一句："没这事！"后一称呼是指相声中常用伦理包袱抓哏逗乐，现场演出的效果通常很好，不过，要用文字形式录入下来，就看着刺目了，无论如何摆脱不了"低级趣味"这顶帽子。

　　近日闲翻侯宝林传记书《一户侯说》，正文除侯先生自传，同时收录有大师身边朋友亲人写的诸般回忆，细细读来，用心的话还是可以得出传主一些丰富立体的内容。比如薛宝坤对侯先生的回忆，看似在捧，实则是"刨"和"踹"，旧艺人的虚荣和拿姿作态装模作样尽现其中。唯其还以真实，资料方显价值。有一位侯先生至亲回忆大师临终前的某个细节把我逗乐了。说是侯先生病重临逝前，因被病痛折磨，时已骨瘦如柴，可是阴囊却肿胀到了皮球般大小。弥留之际，侯先生看着自己巨大的下阴最后一次抖包袱使活："我瘦了，你倒胖了？我都快死了，你再胖也不管用了。"

　　大师的大半辈子都在为提高相声品位净化舞台而奋斗，板着脸装了一辈子，弥留之际，最后一次抖包袱，竟然又回到了天桥撂明地时候根深蒂固割舍不下的三俗现挂。多好呵，这才是大师本色，这才是活生生的人物。如果我们连庸俗和低级趣味都没有了，还有什么乐子可找呢？过日子，找乐子，旧时一代代草根阶层就是这样与相声为伴有滋有味地活过来的。

# 绍兴会馆

宣武门外，有条胡同，南北向的。南头的，叫南半截胡同，北头的，叫北半截胡同。北半截胡同的出口是菜市口。周作人说："就是西鹤年堂所在的丁字街口。"南半截胡同的北口，路东，是绍兴县馆。绍兴县馆就是绍兴会馆。鲁迅的小说《伤逝》在此地取景。本篇都是来自周作人的回忆。

在绍兴县馆生活居住的时代，休息日，鲁迅和周作人会起得很早，十点钟溜达到琉璃厂，在古玩店和店主伙计聊碑帖，然后到青云阁吃茶和点心。青云阁在观音寺街，据周作人说，是新书最为齐备的书店。书店二楼，可闲坐喝茶，有茶点。每周日，周作人必到。吃过茶点，午后再慢慢走回绍兴县馆。留在周先生记忆中的，是喧闹与寂静的对比和交替。回到南半截胡同，就是回到了寂静深处。

关于绍兴人，周先生说，有俗语"麻雀豆腐绍兴人"一说。意思是，哪都有，很平常，在旧北京城，这句话也含有到哪都招人讨厌的意思。周作人说，他哥哥对绍兴就怀有自卑感，不肯承认。早年绍兴出师爷，都刀笔功夫极深，杀人不见血，读书人多畏惧。

绍兴会馆门脸不大，挂着一块写有"绍兴县馆"四字的匾额。是绍兴人魏龙常用魏碑写的。进会馆大门，靠南，有两个跨院。好像是被称作"藤花馆"还是"补树书屋"？还是两者分别存在？存疑。总之，鲁迅住在补树书屋。用鲁迅的话说，他常在这里"避喧"，也就是躲清静。

周作人是这样描述四合院的，说是"小型的宫殿式的"。补树书屋是独院，两边有游廊，雨天可避雨。院落中有一株古槐，据说，早年，有一位姨太太曾经在这株树上，把自己吊死了。周作人很喜欢槐树的树荫，说满院都是，实在可喜。估计是夏天。对那位姨太太，周先生还挺感兴趣的，提了好几回。略去不表。三轮车夫告诉我说，北京人喜欢种槐树，俗语说："门前一棵槐，升官又发财。"另外，他们还喜欢种海棠。

新中国成立后，周作人还曾经去寻访过绍兴会馆，说是"门庭院落依然如故"，但圆洞门已经毁坏，院里的槐树也不见了。补树书屋做了车间，狼藉不堪。县馆变成了大杂院，周作人的贸然闯入，被居民误认为是"房管局"来人了。听说不是，又质问他："来干什么?"周先生被吓得落荒而逃。

他说四十多年前的绍兴会馆，只有"在记忆中还是完全无损的"。

# 张伯驹

早年，他和红豆馆主、袁寒云、张学良并称"民国四公子"。他的社会身份是银行家，业余文化生活是听戏捧角和古玩鉴赏。作为著名的不务正业分子，京剧和收藏成就了他的世俗知名度。作为收藏家，他一生最大的手笔是天价收购隋朝画家展子虔的《游春图》，轰动古玩界。作为票友，他最得意的是在隆福寺粉墨票戏《空城计》，名角大腕儿红伶悉数到场，余叔岩、杨小楼为其挎刀，风光一时，谓为梨园盛事。

传说余叔岩收徒，从不传授绝技，都是名义上的师徒关系，唯一得其真传的只有张伯驹。翻旧报纸，细究其详，竟是因为张先生天赋奇差，令叔岩欣慰——不会抢他饭碗。

时人称听张先生唱戏是看"无声电影",声音太小,完全听不清这位爷唱什么呢。有章诒和《最后的贵族》中一段话可印证,说"文革"时,谭富英羞辱张伯驹:"你那也叫唱戏?跟蚊子哼哼似的!"说是极大地伤害了张先生的自尊心。由此看来,人都是不爱听真话的。对于那些美滋滋活在自己幻觉中的人,说了,就是伤害。富英的做法自然欠妥,更不懂事的是一个叫沈从文的,竟曾著文论证《游春图》不真。文章收在沈先生散文集《花花草草坛坛罐罐》中。特别想替张先生问一句:沈先生,您懂吗?

有些话,固然尖刻,固然同行相轻,但人家民国旧报纸娱乐版的专栏作家也说了,张伯驹的唱功其实是非常好的,三五知己,闲来怡情,张先生的唱腔韵味极佳,字正腔圆,满宫满调,只是上不得台面。所以人家唱戏是挣钱,张先生唱戏是花钱。

三十岁那年,张伯驹开始学习填词,到四十年代末,张先生五十出头的人了,才自费刻印了一本词集《丛碧词》。后半生,他一直默默致力于填词创作,内敛低调,自娱自乐,与时代极不合拍,在精神上和李后主、宋徽宗来往密切。如此,活到八十高龄。红学家周汝昌称,词自李后主始,至张伯驹为殿。评价太高,据说众皆哗然。张伯驹的盖棺论定中还有一句话,说他实乃民国文化高原上凸起的一座孤峰。后世,李敖自称平原上凸起的一座山。狂如李敖,也只敢自称山在平原，和高原孤峰相较，似也只能仰望。

晚年，他说"文采风流尽是罪障"，他说"一生所见山川壮丽，人物风流，骏马名花，法书宝绘，如烟云过眼"，他要"心如止水，如死灰，尽忘一生之事"。死后三年，他一生创作的六部或木刻或手抄的所谓词集才首次合成一册正式出版，名《张伯驹词集》。

# 八旗子弟

　　清朝时，籍贯一栏没有北京。老北京人要填写正黄旗、镶黄旗诸如此类。八旗各有分布，井井有条，一看就知道，是哪个城区的。如今，不少人只知道自己姓金是旗人，但属哪一旗却早不知道了。也不怪他们，过日子过乱了是常事。现在，你随便在大街上拦下一人，问他爷爷叫什么名字？估计有相当一部分人不知道。

　　民国后，旗人大多对家世闭口不提，甚而隐瞒自己身份。为什么呢？汉人恨他们。广东、香港和南洋人，到二十世纪七十年代了，还在恨呢。邵氏武打片，一百部里有九十部，讲的是广东好汉是怎么殴打八旗恶少的，见着就打。海外华人看着都特别高兴。不怪人家打我们，那时候我们不是丧权辱国祸国殃民来着呢吗？两蓝旗出身的小辫子瓜六哥每看邵氏电影就这么叹息一声。六哥住望京，但没事喜欢往东四跑，夏天摇一纸扇，慢慢踱步，体会李后主的词："故国不堪回首月明中"，碰到能交心的哥们才透出一句：早年，这沿街一溜房子都是我们家的。我得劝他：六哥，您就甭想了，想多了伤身体。

早年的八旗子弟，都是手不能提肩不能扛的，正经事干不了。而且面子薄。写个字画个画呀，唱个戏鉴赏个玩意儿呀，这成，这是玩。哪天要指着这个混饭吃了，脆弱的小心灵立马崩溃。白天强颜欢笑，晚上躺被窝里自怜身世，这不沦落了吗？这不是要卖艺了吗？我们什么时候要靠卖过日子啦？卖唱卖艺卖字卖身卖苦力，和我们不沾边，我们从来都是买的。所以从前他们都是宁卖房产不卖艺。谁是第一个开始卖房产的呢？大清开国元勋和硕豫亲王额尔克楚虎尔贝勒——也就是多铎——的第13代孙末代豫亲王。民国五年，末代小豫亲王把宅子卖给了美国人，也就是今天的协和医院。

两年后小豫亲王英年早逝。怎么呢？给气死了。美国人在他家老宅开了协和医院，北京人都多事，传闲话，说美国人在他家老宅地底下挖出了他们祖上窖藏的银子，多得没数。谁听了不窝心啊？早年，多铎多悍勇一人，后辈虽然身子骨弱了，气性还在，一口鲜血吐完了，带着人就找协和医院去了。医院把门的不让进。以为他来要钱呢，那能给他吗？小豫亲王分开众人，说，谁说我来要钱呀，我来住院，没看见我气得都弹弦子了吗？就是半身不遂，北京话叫"拽歪了"。好说歹说，算是让小王爷住了院。没几天，小王爷过去了，好歹算是死在了自己家里。

是听小辫子瓜六讲的，是他的家事。现在，六哥路过协和医院，呸，还朝人家大门吐口唾沫呢。怎么呢？他恨得慌。头些年没人管，这几年不行，回回让人给逮着，训他：你这外地人，怎么乱吐痰呀？罚款！

# 君子·艺人

　　旧时，各行业都有祖师爷。在做艺的人看来，除了老天爷，最厉害的就是他了。他不点头的事儿，都做不成，砸多少钱、花多少力气、下多大功夫都白搭，所谓"祖师爷不赏饭"。若他点头认可许了你，搁谁想拦你都拦不住。当红，有如神助。所以，凡人都敬祖师爷。

　　曲艺行的祖师爷据说是一个叫范丹的人。早年间，有句话，说："石崇富，范丹穷。"石崇斗富，历史上已经留下了典故。范丹呢，他是春秋时代的人，本来也是个富人，富甲天下，只不过，他善，善人，喜欢散尽家财，结交四面八方的朋友，所以渐渐就穷了。

　　有一回，孔子困于陈蔡，吃不上饭。给孔子饿的，用颤颤巍巍的声音对子路子贡哥几个说:"念啃,瓢!不行下海了吧,唱响了腕儿,好歹混口吃的。瞳翅子不是人干的买卖呀。"翻译成白话是:"没吃的,饿!不行咱卖艺吧,混出了名,有饭吃。游说政府官员不容易。"

子路一听就急了:"下海?做艺?那哪成啊?咱们是读书人,得读书做官呀,这才是正路。画锅卖艺,吃张口饭?丢不起这人!宁肯饿死,咱也不能干那事。您说的,饿死事小,失节是大呀。"

子贡也反对孔子:"师父,咱们可都是空码(外行),就算是咱们肚里有学问,可是说完了,咱不会杵门子(要钱),一杵门子,酥粘儿了,起棚了,咱得不偿失啊。"哥仨正发愁呢,范丹来了:"孔圣人,辛苦辛苦。"怎么回事呢?范丹听说孔圣人落难了,吃不上饭了,那不行,得帮孔圣人一把,让他渡过难关。于是,带着东西就来慰问孔子。拉了好几车的东西。照着《开粥厂》"年单子"办的货。孔子和他的七十二个徒弟,抡圆了一通吃,这才保住一命。吃完喝完,孔圣人领着小的们打算开路回鲁国,范丹把孔子拉住了。

范丹:"你吃也吃了,喝也喝了,这人情,您打算怎么还呀?"

孔子一听,直嗑牙花子:"噢,不是白吃?还得还?哎哟喂。这样吧,后世啊,所有读书人,当官的,都得拜我,算我的门生,以后,要是你的后人也吃不上饭了,你就找我的门生，讨债要账，怎么样？"

范丹一听："我看成。咱们留个暗号吧，兹我们一说，没有君子不养艺人，互相就明白了，您那儿就多少还一点钱。"

如此，范丹也一通收徒。什么唱数来宝的，唱大鼓的，说相声的，说评书的，甚至现在唱流行歌的演电视剧的，全都归到了范丹门下。

在老年间，都把做艺看成是要饭的买卖。只有艺人自己知道，我们不是要饭的，我们这是讨债要账呢。

话说一回鲁国，得吃得喝，有官做，心境发生了变化，子路子贡可就后悔了，怎么呢，孔门学生都要帮着还账啊。子路子贡埋怨孔子："咱吃亏了，噢，就吃了他一回，他问咱们讨债讨到永远，身边老跟着讨债鬼，那日子过着多别扭呀。"

孔子也后悔，后悔也没办法，只好拿话自我安慰："咱们哪吃亏了？咱们赚了。咱们不就落难的时候要了一回饭吗，可那帮做艺的，他们得装一辈子孙子要一辈子饭。"

# 新旧地标

　　老北京有一句话，叫："大胡同三百六，小胡同赛牛毛。"
是用来形容旧城区迷宫般错综纵横的大街小巷的。

　　凡在北京生活过的外省文化名人，无不对四九城诸多
奇奇怪怪的胡同名字感到好奇，比如，曾在南半截胡同绍
兴会馆长期居住的鲁迅，就曾著闲文一段，考据了诸如"高
义伯胡同"，原来本名叫"狗尾巴胡同"，"丞相胡同"里并
不曾住过丞相，细一打听，里面住的都是绳匠，本是"绳匠
胡同"，都是采用谐音法，将原本世俗的名称，改得自以为
高雅了。

　　好在鲁迅并非糊涂人，他著文的目的是反对如此这般
乱改旧街名地名的。但是并没人听鲁迅的——虽然在他离

开人世后的岁月，名望一路升值——旧的古朴的原生态的街名地名，该改还是在继续乱改着，且一度大改特改，直至面目全非。

以"铁狮子胡同"为例。铁狮子胡同，明末时曾是陈圆圆和她的男人们居住的地方，什么吴三桂呀、刘宗敏呀、李自成呀，常来，路都熟。1925年孙中山在这里病逝，老民国年间，是段祺瑞执政府的所在地。到了抗战胜利后，大约是1947年，不知为何看中了这条街，民国政府决定用这条街来纪念抗日名将张自忠，遂改为"张自忠路"。新中国建立后，新政府仿佛觉得烧炭牺牲的张思德同志更值得纪念，又将"张自忠路"改名"张思德路"。此后，到了1966年，又仿佛张思德也不太值得纪念了，在动乱岁月，赫然改名"工农兵东大街"。折腾了一圈，直到1984年，觉得还是纪念张自忠比较靠谱，又改回"张自忠路"。

热爱地下音乐的年轻人，对张自忠路都不陌生，因为张自忠路上的段祺瑞执政府的旧址，也就是铁狮子胡同三号，现在是一家名为"愚公移山"的酒吧，和鼓楼东大街的"MAO"、地坛南门糖果三层的"星光现场"，并称地下流行音乐的三大演出圣地。换句话说，铁狮子的夜晚，已由陈圆圆的风情万种、迎来送往，改朝换代、摇身一变，被强悍的摇滚界人士盘踞。风情万种、迎来送往的任务交给了陈圆圆的后代们——"果儿"和"骨肉皮"。

东直门内大街，估计也会让鲁迅不太爽。早年间，那里是九城闻名的夜市和晓市，都是些来路不明的水货，趁着天黑，路边摆摊，倒手交易，故此市井俗称"鬼街"。现在，众所周知，这里24小时餐馆靡聚，灯红酒绿，夜夜不眠。不知哪位书呆子、老学究，一翻字典，给谐音命名成了"簋街"。据说，"簋"是古汉语"饭碗"的意思。老先生摇头晃脑的，估计还自以为特别高明呢。

我是喜欢旧街名的，觉得古意盎然，比如南锣鼓巷，在元时称"蜈蚣街"，听着就极有画面感。又比如，已永久消失的"观音寺街"，以及"崇文区"和"宣武区"，名字的背后，都蕴藏着说不尽、数不清的故事。

不过，万幸的是，我并不曾生活在特殊年代，否则，我老先生架着圆眼镜、穿着中式对襟衫、背着手、45度角昂着下巴，出门散步转一圈，满眼"红卫兵街""大跃进路""斗私批修胡同"，那可真要在家门口迷路，找不到北了。

# 京韵京腔

　　王敦煌先生说："老北京土话是一种消亡的语言，会不会的也无关紧要了。虽然这种语言我听着亲切，并且念念不忘……"这话，我深深认同。去年，我曾经写过一个剧本，三十集。讲的是旧北平江湖艺人的悲欢离合，通篇都是"老北京土话"，京韵京腔，满宫满调。结果——没卖出去，砸手里了。

　　我大姐就是做影视制片的。那剧本，连她看着都含糊："兄弟，咱这可是电视剧，拍完了，要上星的，全国播。要是拍完了播出了，就在咱们南城这片儿有收视率，你老姐姐我这些年苦啊业的积蓄下的家底，可就都赔进去了。您心疼我，这摞废纸，百十万字，您还是抱回去吧。"我一想，也是。我害谁也不能害我姐姐啊。得嘞！抱着那百十万字一下楼，我心里可就转悠开了，我那本子，别说是一水老北京土话了，连"春典"都有。您说这玩意儿，它能不砸手里吗？

后来，我还真下功夫研究过"北京话"的来龙去脉，原来，人家南方话才是正根的"古汉语"，北京话其实是被满族阿尔泰语系污染过的不纯正的中国话，和"东北话"是近亲，和"天津话"是界壁儿，被污染了三百来年，荒腔走板、不伦不类得厉害。

从前，满族人说汉语，相当于中学生说英文，词汇量不够，句法也不通，逼急了就胡编，渐渐自成一派，和"洋泾浜"英文的来历如出一辙。

尤其是"南城口儿"的北京话，极富地方特色，追根溯源，被不少作者认定是正宗"京味"。当年，操"南城口儿"的，多是底层八旗子弟，都是膀大力的，完全没有内心生活，也不需要诉情状物，写字离他们很遥远，"精神家园"没听说过。发展至今，成为一种根本达不到写作标准的语言。

许多词语，有音无字。能说，不能写。说出来挺利落的话，写下来，又有儿音，又有虚字，怎么看怎么寒碜。您说在这种地方土生土长的，能出什么好作家？怪不得中国的优秀作家，多出自江浙地区呢。人家那"语感"是娘胎里带出来的，我们这"纯正汉语"都是后学的，没辙！什么叫没辙啊？我们南方人管没辙叫无奈。对对，这也是很无奈的事。咳，咱还是说纯正普通话吧，那叫——没办法。

# 方言俚语

　　著作等身的齐如山齐先生写过本专著《北京土话》，是齐先生在八年沦陷期间的著述。当时，北平沦陷，齐先生未能及时南撤，遂整整八年时间足不出户，隐居深巷，闭门著述。为日后研究北平民俗留下了贵重资料。书中收录了北京各种方言俚语甚至脏话粗话，上千词条。比"京骂"更等而下之、粗鄙不堪的亦照单全收，而且字正腔圆，全是本字，不少字是我们电脑里根本打不出来的。看得我都脸红，臊得慌，心想，这就是早年间皇城子民的日常用语呵，那叫一个脏。

　　其中有一词条："破货"。齐先生是这么注解的："浪漫女子。"不禁令人哑然失笑，恐怕哪位浪漫女子都不会接受如此的俚语称谓。自然是齐先生注解得不够精准，有偏差。我想说的是，考查齐先生说话作文，觉得他本身就颇有典型北京人特点，喜好信口开河，张嘴就来，用俚语说，就是"不靠谱""没溜儿"。

但是不管多"没溜儿"，老城居民们还是喜爱他们自己的语言，甚至对他们特有的语言方式有陶醉感。亚文化族群和他们的亚文化之间的关系向来如此。如果同为老北京，相信你一定不会反感，说不准还会喜欢北京女孩那张嘴闭嘴的一句："你大爷的！"或者"我觉得他们丫的绝逼如何如何，简直的就是什么什么的"。简直的，伴随着这句话的动作，她可能是不停地挥舞着手中的小勺，显得对表达本身特别投入特别陶醉。反之，若是异地好朋友见了，非但不会喜欢，很可能还会对她们产生反感，所谓，两个字"嫌弃"，三个字"瞧不上"。

有个朋友，对这些北京土妞——当然，是开宝马、背LV的北京土妞——用一句京味俚语作了最好的表达，说："土豆削了皮，也是不会变成苹果的。"后来，我还真削了一颗土豆，耐心地等待，想看它是否会变成苹果，结果，它只是发了芽，长了毛，腐烂变质，变成了烂土豆。始信俚语还真是——真理！

另一个朋友，是写京味小说的，在我目力所及的范围，他的作品是最高密度使用北京土话和方言俚语的，密到什么程度呢——几近乱码！此事思考起来颇令人困惑、两难，一方面，我喜欢看，毕竟语言这东西是活的，是不断发展着的，是杂的，是各说各话的，中国语言的美恰恰在于它的丰富性。另一方面，还是觉得语言应该经过提炼、过滤和净化，忒偏僻的旧京俚语，消亡得无影无踪的土话，土得掉渣，统统应该不要。满春满典，死纲死口，老话说，那叫一嘴的炉灰渣滓。

# 街边闲人

　　四川人讲话："摆龙门阵"，用旧北京的话说，唤作"壶碟会"。有特殊韵味的老城市，总有些许神似，虽然细节千差万别。成都人的闲适安逸，已臻极致，现在的新北京城恐怕已跟不上趟。若论"闲"或"休闲文化"，旧时代的八旗子弟，或少数骨子里还残存着八旗遗风的主儿，说不准还能和蜀人一争短长。

　　曾经，八旗子弟不是好词，简直就是游手好闲的代名词。时代不同了，返回头去看，不尽然。邹静之邹先生有一句话说："北京文化的根髓，说穿了，就是旗人文化。"我们旗人，多文雅呀，多孤傲呀，我们招谁惹谁了？不就是喜欢酒足饭饱、提笼架鸟吗？不就是喜欢吃喝玩乐、不务正业吗？有什么错吗？凭什么不允许呀？

　　谁这儿喊冤呢？不是我，是这位爷——此人姓艾，家族大排行里，行七，街面上人称艾七爷的便是。艾七爷根正，老姓是爱新觉罗，早先家世特别显赫。我虽不叫他七爷，称七哥，但每当在街边小馆看到他，总有一种冲动，想赶紧站起身，老远就给七贝勒请安。同时，内心常有种特别的感慨，这也就是解放了，大清国完了，搁早年间，想和人家爱新觉罗家的人坐小方桌边上一起喝酒，没戏。

　　四十岁前，艾七哥是根正苗红、如假包换的街边闲人。闲人们都是有传承的，讲究无家无室，上不养老、下不育小，不买房、不置地，闲钱全部用于吃喝，吃美喝醉了算，过一天算一天。性格得特别"四海""外场"，自来熟，不认生，得能交下很多场面上的朋友。所以，要有些特别的本事，比如，能侃大山，会逗闷子，张嘴就来、信口开河、胡吹乱嗙……

　　七哥侃起大山，堪称一绝，那真是抄起棍子就胡抡。皮儿薄，又脆，天上一脚地上一脚哪儿也不挨哪儿，满嘴里跑火车，都是连环包袱。从前，七哥喜欢拢一圈人，在深夜的大排档上小声说，声音虽小，但是真拢人，人声鼎沸的大排档，常常突然安静下来，连大师傅都不炒菜了，远远地抄着手站一边跟着听。在座有猛然回过神来的："嘿，你们几位这干吗呢？菜齐了吗？回去炒菜去！"轰好几回，大师傅们摸着锃亮的秃瓢，憨憨一笑，舍不得走。夏景天，方圆十几张桌子边上，光膀子喝啤酒的陌生老爷们有时候还喜欢帮个腔，到了裉节儿上，就问一声："后来呢？"

后来艾七哥不闲晃了，学好了，成家立业了，天天开始忙正事了。怎么呢？让一姑娘拿下，七哥为人夫为人父了，时间也就不够用了。时代也不同了，闲人现在都不混街边，宅家里混微博了。有一次，我说，我现在宅得，是动辄失眠、焦虑，关注星座，热爱美食，哎哟喂！这叫一优雅。七哥听了，说："您这叫优雅？我看你纯粹是闲的！"嘿！在他眼里，我倒成了闲人。

# 戏 台

　　乡间的戏台，通常会正对一株古树。有一年旅行，在乡间，十里八村四乡六镇地乱走。村口残败古朴的戏台，在视野中显得突兀、孤单，具有某种仪式感。据乡民说，节年依旧会请戏班唱大戏，目的只是为让那棵树高兴。人是听蹭儿的，是沾了树的光。

　　在某种意义上，古树和戏台间那片方寸空地，是他们的社区文化广场。没戏唱的平日，孩子们会在那里奔跑嬉戏，老人蹲坐墙根下，或独自闭目养神，享受片刻太阳的温暖，或三三两两闲谈古早旧事。

　　敬畏树，点破后，细一想，也是极有道理的。曾经鲜艳的红漆斑驳了，曾经年轻的人一代代老去、死去。面对岁月，都敌不过枝繁叶茂的常青古树。

往时，北京城最有名的戏院是广和楼。广和楼，又名广和查楼，坐落在前门外大栅栏西口路北。顾名思义，这买卖是江南望族姓查的人家开的，据说，是金庸的先人。都是据说。不过，金庸倒是也认——对，那是早年间我们家的买卖。

左右台柱有对联：学君臣，学父子，学夫妇，学朋友，汇千古忠孝节义，重重演出，漫道逢场作戏；或富贵，或贫贱，或喜怒，或哀乐，将一时离合悲欢，细细看来，管教拍案惊奇。怎么这么长呢？楼高呗。这是比较自持的词句。乡间的戏台低矮，容不下太多的字，则写得诚实许多。比如：金榜题名虚富贵、洞房花烛假夫妻。暗扣虚假二字。据说寓意戏都不是真事，演着玩的。

北京最古老的戏台是正乙祠，康熙年间落成的。有一回赶去看剧情超讽刺的《黄粱一梦》，戏到中途，不经意看到戏楼对联有半句"座中亦有剧中人"，心下颇不是滋味，想，这不是骂观众呢吗？若要在从前赶上武松、李逵、鲁智深等泼皮，还不把戏楼给拆了？

东柳西梆、南昆北弋，说穿了，都是早年市井细民悲欢时节的歌哭。许多琐碎的生活情绪，据说都能在旧戏中找到共鸣。每句都带"据说"二字，是因为京剧繁盛的年代我恰好没赶上，赶上的是它死后的日子。一部分退守公园角落，成为票友的自娱。台上彩唱的，只剩文化符号的意义，和假古董、仿古建三足鼎立，联袂凭吊往时的风华绝代。这是文雅的说法，其实就是合伙骗骗洋人和旅游团的意思。

# 国营店

　　二十世纪八十年代有一份报纸，叫作《讽刺与幽默》，常用漫画的形式针砭时弊，和马季姜昆们的相声功能类同。现在回想，应是描摹和记录了彼时一组组边边角角的日常民生情态。印象中，最常见的主题是国产制品的质量低劣，以及国营店服务态度的恶劣。

　　话说，我少年时有一好友，他二大爷就是在二十世纪八十年代让国营服务员气死的。老爷子奔九十了，新中国成立前每天奔八大楼的主儿，闲了没事还常到梅兰芳、马连良家蹭饭，老了老了，一时嘴贱，特别为老不尊地在饭馆想给女服务员说道说道什么是正宗，结果让人家一通抢白："就你？你吃过什么呀？"噎得老头儿差点没背过气去。

回家长叹一声："得嘞，走啦！"走了。

二大爷含冤去世。消息传到他们家七大姑八大姨众亲戚家里，登时炸了庙。人命关天呀，聚一堆抬着尸体要去砸饭馆。不为别的，主要是受不了这委屈。据说二大爷临死前撂下话了："冤！爷们儿早年间什么没吃过呀？！"一家二百多人浩浩荡荡奔了饭馆。

据少年好友对我说，他二大爷可不是凡人，前清那会儿，一出生就是贝勒爷，后来民国了，沦落了，但老人家为能吃上口好的，宁肯卖房卖地，祖业败光了借钱都要下馆子，二大爷就有这魄力！早年，二大爷除了奔饭局，轻易都不出门。负债累累，不敢上街。

街上兹要是人，就是债主，不是债主也是冤家。最多的一次，二大爷被一百多号债主追，尊严扫地，噩梦般狂奔，一口气跑了三条街，逃脱后兀自心惊肉跳。全聚德吴裕泰瑞蚨祥大北照相馆的掌柜们长袍马褂西方漫画里丑化了的华人大烟鬼形象鬼影似的都跟着追债，老掌柜们的指甲还都特别长，指甲缝里全是黑泥，张开双臂恍若想拥抱般兜着风地奔跑，乌云似的潮水般的黑压压一片远看就是一群马蜂乌鸦僵尸砸着脚后跟地追，蝗虫般掠过。据二大爷说，他们也就是不会飞，会飞那就是铺天盖地遮云蔽日乌央乌央的。

你看看！就是这么一位曾为吃付出过如此巨大牺牲的

国宝级资深美食家，在那个年代，竟然在饭馆被活活气死。当然，也怪老前辈上年纪了，面子薄气性大，那年月，每天受服务员辱慢的人那么多呢，怎么别人都没给气死？这事儿，还真没地儿说理去。

转眼又三十年过去了，八十年代的服务态度已成往事，但碰到忒有"太白遗风"的食客，长时间不走直至打烊，个别百年老店的服务员偶尔仍会耍点小态度，通常，只换来食客们恍悟般一声叹息："哦，国营遗风。"

# 假如我是本城导游

　　黄昏时我要带你去皇宫的角楼，观赏天空中黑压压盘旋的乌鸦，夜晚，穿过烟袋斜街，走过具有性感意味的绣花鞋店的橱窗，到后海的银锭桥边的酒吧露天座享受夏夜的晚风。第二天午后，到有一排排的三轮车汇集的和珅家老宅门前，让车夫带我们从荷花市场开始转起，顺路再看一眼纳兰容若的老家。

　　落雪的冬日，要带你爬到鼓楼的最顶端，凭栏远眺雪覆盖在四合院房顶的美景，指指点点，想象着我们即将穿梭在旧城区的胡同，顺便细细讲解一下那些四合院的前世今生，从前那里是谁的家，现在又是谁家住在那里。出发前，要循环播放陈升曾经唱过的《北京一夜》，然后再循迹而去，在繁华街市边那家仿佛长队永远不会散去的栗子店前排队，再穿城而过，到城南的相声场子去听京腔京韵的插科打诨，然后在深夜无眠的鬼街，慢慢谈论一天的所见所闻，所有的场景，希望是你未来将在另外一座陌生城市旅行时，会时时想起的。

　　要隔天下榻在旧四合院改建的连锁旅店里，天黑了你们住东厢房，我们住西厢房，有意选择梅兰芳或者小凤仙赛金花们住过的宅邸，在灯下翻检出旅行背包里带的《北京旧城地图》《北京地名辞典》《老北京土语辞典》，阅读并寻找定位明早将要去吃早餐的门框胡同。另一天则在CBD地区过夜，比如80层的国贸三期酒店的顶层，坐在"云酷"的窗前，360度地俯瞰，感叹夜色华美的城市像是一张巨大的酒瓶酒杯林立的饭桌，还有盛满菜的盘子和碗。

　　如果我是本城导游，我要将旅程切割成春夏秋冬。春天要带你去放风筝，我们要像这里的老城居民一样，喜欢仰望天空，观察候鸟、鸽子，仿佛一生都在守望和幻想着更高远的某处。在黎明或午后的潘家园徜徉，与其说是淘换古董，不如说我们就是喜欢附庸风雅或者怀想从前。漫步夜空下，在星光笼罩和弥漫的槐花香中，彼此同时懂得，时光流转中，曾经的静寂褪变成喧嚣，匆忙取代了缓慢，而我们终于在某一年的假期，重新找回了旧时光，躲开那些贫乏、苍白、脏话、懒惰、粗鲁，找回了丢失已久的从容和悠闲。

# 只剩下了堵车

　　某一年的周末，正是许巍发行新专辑《爱如少年》时，三里屯的拥挤给我留下了深刻印象。街边伫立着的树一般的电子屏幕反复播放新专辑的主打歌，屏幕十步一岗，无限延伸，从酒吧区的北街入口到目的地，短短二百米的距离，我们坐在车中，隔着玻璃窗，竟然看了好几遍 MV 画面，差点把歌都学会了。周末满城出动扎堆的地方，交通就是这样的拥堵。

　　我有两个从生活历练中得来的信条，也可以说是小诀窍。一个是，能清楚明白短信指路的文字工作者才是好作家好编剧好文案好专栏写手。不幸的是，身边烂的居多，且都比好的销畅。二是能巧妙避开城市高峰期的饭局主人是聪明的，反之，不是笨蛋就是自私鬼。

我有一个八百年不请客的老哥哥，前不久突然决定在他家楼下请客，时间定在了周五的六点半。不去不妥，那不是驳我哥哥面子吗？赴约之路，真是苦不堪言，先后被四辆出租车拒载，上去又下来，上去又下来，都是很温和地表示车没油啦要收车啦什么的。最后，面对第五辆空车，我已经没有勇气伸手。第六辆第七辆第八辆，我发呆疗伤打电话发短信申报迟到理由。如此，三个小时后，才带着被严重伤害的自尊心出现在了饭局现场。

堵车这事谁也没辙，在车上只能安静地看街景。印象中，那天出租车上播的是评书三国，说到"伐中原武侯上表"那回。至"先帝创业未半，而中道崩殂"时，说书先生解释道："刘备刚当了几年皇帝，事业刚开始，到白帝城时，才六十的人，还年轻呢，半截死了，这就是创业未半，中道崩殂。"出租司机突然暴喝一声："不对！全错！"吓我一跳，我以为他路走错了呢。司机边摇头边对我说："先帝创业未半，是指天下三分，刘备偏安西蜀，只得其一，这是未半，跟当几年皇帝这事没关系。您说对吗？"我擦完冷汗想，只要您路没走错，能按时把我送到，什么公案都是浮云。

一般来说，堵车时段，一定是没有空车的。一塌糊涂的车粥中十分钟一辆空车算是好的，可悲的是又常会被别人截和，被截和三次就等于路边站半小时。第四辆空车远远在望，我一想，又没戏了，我前面突然又冒出五组人马在招手打车呢。谁知空车竟然驶过他们不停，缓缓开到我身边后，嘿！停了。上车后我简直疑惑到不问一下都不礼貌了，请问为什么不给站我前面的人们停呢？司机答：因为我一眼看去，感觉您的人品最好。

　　呃……脑子里乱七八糟冒出一堆三国语汇。曹说：适才戏言耳。刘追问：明公何故相戏？！

# 从除夕到初一

夜，除夕夜，要看烟花。虽说年年如此。

年年如此，但年年又会觉得，那么多盛开的烟花，仿佛是从来都没有见到过的。

满城烟花的璀璨夜晚，焰火像尼亚加拉大瀑布般从夜空倾泻而下，耳边是隆隆的霹雳声，炮仗声，幻觉中仿佛置身古战场，羯鼓阵阵，喊杀声震天，在气势上至少是相类同的。

壮观的景象通常是无法复述的，只能被迷住，被震慑住，屏息观赏，没来由地兴奋。

很遗憾，没听过《兰陵王入阵曲》和《秦王破阵乐》，每年的除夕夜，在漫天烟花炮火的盛宴狂欢中，我只能不由自主想起朴树的歌："我是这耀眼的瞬间，是划过天边的刹那火焰，我要你来爱我不顾一切，我将熄灭永不能再回来。"

同时，会想起冰心的一句话："如果生命是无趣的，我不要来生；如果生命是有趣的，今生就已足够。"这是冰心青少年时代写下的。

大年初一的早晨，可以上街转转。只有过年时的北京，才更像是北京，街道空旷，楼群间偶尔有烟花绽放。路面不再拥堵，空气凛冽，有某种荒凉和清冷的意味。

天色刚刚黎明，踩着满地爆竹的碎屑，硫黄和硝烟的气息弥漫，在寂寂无人的旧街区，沿着灰色的墙根，慢慢走路，说说从前。可以去胡同深处，老乡家里做客。黄昏时，可以拍故宫角楼。不怕俗，春节本就该俗着过。或者，把自己当作是来自巴黎的游客。

旧时的北京是一座属于心灵世界的城，有时，仿佛只有春节长假期间，才是欣赏缅怀旧时风貌最好的时段。某种时候，它更像是许多乡愁者记忆中的北京。

冬天的北京和北京的冬天，都是美而令人深深怀念的。

# 九岁那年，在北京迷路

——根据录音整理的一次"北京·上海·广州"
消逝的老城区主题讲演的发言稿

　　我是九岁那年才到的北京，那是 1980 年。冬天。恰好赶上寒假。因为人地两生，还没有同学和朋友，只能每天待在家里，听收音机里的评书连播，或者看小人书。

　　父母带我去过一次王府井的新华书店，是坐公交车去的，后来我就暗暗把从家到王府井的路线记住了，开始尝试步行去王府井，怀揣一把毛票，省下的车票钱，可以多买一本或半本小人书。经常一边走，一边记路，沿着灰色的墙根。第一次比较紧张，但成功抵达目的地，喜悦感也是最强烈的。

　　那时候我家住在景山东街，成年后我就没有再步行走过那段路，印象中应该不是特别长，因为北京的旧城区，其实并不算大。巴掌大的一块地方。

成年后，我曾根据周作人的《知堂回想录》，整理过一份周先生在民国六年到民国八年间，也就是 1917 年到 1919 年时，上班的路线图，当时，周先生住南城的南半截胡同，在北大打卡上班。最早，北京大学就在景山东街，周先生上班那会儿，北大新区在沙滩北口的汉花园，"是故宫略微偏东北的地方"。周先生说，他早起上班，走如下路线：

由南向北，从南半截胡同到北半截胡同，走到菜市口，看一眼"饱经世变却依旧屹立的西鹤年堂"，联想并怀念一下在此被清政府杀害的戊戌"五君子"，不是六君子吗？少一位呢。存疑。别想了，再想上班迟到了。周先生从菜市口，往东再到虎坊桥，再向北，进五道庙街，向东北，经李铁拐斜街，到前门繁盛市街——观音寺街和大栅栏。大栅栏忒繁华，人太多，拐弯由廊房头条进珠宝市，到正阳门。过天安门广场，在东长安街，由南池子进，从北池子出，用周先生的话"这条漫长的街道"，最后来到沙滩。打卡上班。

我小时候从景山往王府井走的路线，正相当于周先生上班的路程的一半。如果时空发生错乱，周先生上班，我去逛书店，理论上应该能在路上碰到，撞一满怀。

那年冬天，寒假过后，我转入到了我们家街对面的什刹海小学。小学在米粮库胡同，往胡同深处走，记忆中，小学应该是一个小型的四合院。胡同呈坛子形，入口窄，越往里路越宽，在北京现存的胡同中，这条胡同保存完整，值得一游的指数，应该能排进前十。当然也许排不进去，这里有我个人的感情分。

从景山后门向北，有一座石桥叫后门桥，正名叫"万宁桥"，在地安门十字路口往北约一百米处，帽儿胡同东口出来就是。因为地安门正对正阳门，正阳门俗称前门，地安门就被叫作了后门。是一座石拱桥，早年间，和前门五牌楼下的正阳桥，天安门前的金水桥，三点一线，南北对峙，是北京城中轴线上的三大石桥。桥栏是汉白玉的，桥墩上有水兽浮雕。桥下的河水由西向东，经金锭桥，汇入后海。当然，金锭桥是九十年代后建的，银锭桥是古迹。

早年，作家刘心武先生写过一部长篇小说叫《钟鼓楼》，后来，歌手何勇写过一首歌，也叫《钟鼓楼》，后来我对万宁桥到钟鼓楼一带比较熟，是因为我家后来从景山东街搬到了二环外的黄寺大街。我的行走路线，就由小学放学后，从米粮库胡同，途经地安门大街、万宁桥，到钟鼓楼，旧鼓楼大街，这么一直走回去。

二环路是早年北京城的城墙拆掉后修建的，老北京人一直固守着一个观念，认为二环路里面是城里，二环路外是城外。刚搬到二环路外时，家里大人的同事，或者邻居街坊，常常习惯说，今天进城去。或者，路上碰到，您哪儿去呀？进城去。我们家人特别不习惯，当时三环都有了，四环可能也快开通了。一听，什么？进城？难道我们是住在村儿里不成？

后来我也接受这个观念，有时候乘车进城，路过景山东街时，我就会指给同乘的朋友看我曾经住过的房子，说，你看你看，我小时候就住在那里。表示我也是曾经在城里住过的。

事实上，我小学时曾经有过一次迷路。那可能是我们家刚搬，我第一次放学从学校往家走，虽然脖子上挂着月票，但不知道为什么还是用走的方式了。反正就走啦。结果就走岔了。越走越远，连公交车站都找不到了。被家里大人找到时，我正在街边一人哭呢。

第二天我们班上的一个女同学，听说我昨天差点走丢这事，就对我说，北京城是正方形的，胡同和街道也是横平竖直，呈井字形或田字形，只要方向对，就丢不了。

她说，她有一回也差点走丢。她也就是从景山往家走。然后从德胜门沿路一直走到北郊市场，而且她也是第一次走那条路线，走着走着天开始暗了。心里好像也开始有一点点担心，怕走错路。我问她：你没有哭呀。她说：没有啊。我说：你比我坚强。她说：我跟自己说，没关系，只要朝着德胜门走就不会丢的。德胜门那时候远远的还是看得见的。所以我就一个劲儿地往那里走啊走。走到的时候特别开心。觉得自己可棒了，怎么样都能找得到家在哪里。

后来，我就没有在北京城内再迷过路。虽然在人生旅途中，有过各种迷路，各种迷失，因为人生比较复杂，也不可能是正方形长方形，而且也没有明显路标，就比较险恶。

辑　三

**过活，活过**

# 有时，爱

　　某天，在储物间无意翻找出几年前的夏天常穿的一双蓝色的旧匡威球鞋，没想到，竟然还挺舒适，不由在沙发上想起了穿这双球鞋的那年夏天的一些事，且有所感悟。

　　有时候，爱是彼此的磨损和消耗，彼此给对方打上某种隐秘的印记，是怀着幸福感和成就感，彼此将对方弄脏的过程。

　　旧球鞋，旧牛仔裤，有时，想要扔掉时才会发现，原来那才是真正属于自己的东西。有时，我们会误以为锦衣、美食或者音乐、醇酒，才是可以用来抚慰我们惊慌失措的内心的最好的东西，其实，谁都知道，最好的抚慰只能是爱。

　　我们只有在没有爱的时候，才会产生荒凉感。我们只有在没有"爱"的深夜里，才需要依靠别的事物来抚慰我们需要抚慰的内心。

有时，只有爱，才能让一个人真正从失落和低迷中重新振作兴奋起来。有时，只有爱才能让一个人不再瘫痪般地焦虑。

有时，爱会改变一个人的价值观，昨天不喜欢的事物，一百八十度转弯，变得喜欢，曾经厌弃的，突然幻化为迷恋。反之，亦然。

谁都知道，爱就是如此奇妙，本身就是属于化学反应。在化学反应中，有时，爱可以让人产生幻觉。没有饭吃时，想起和她一起快乐吃过的日子，仿佛是一生最美的回忆……

那些经她手递给你的精美食物，一口吃下去，简直有一种跳楼般的快感，幻想时间在那一刻停住，生命在幸福的顶点完结。

是不是有点儿戏过了？爱就是会让人神魂颠倒，胡言乱语。有时，我们对"物"的迷恋，其实是因为那些"物"中曾经有过"爱"。

那些让人灵魂出窍、欲哭无泪的美食与美景，当我们把它们形容为仿佛是错失的美丽爱情时，是因为那真的就是已经错失的爱情，因此才会一经想起，就没来由地悲哀和心痛。

# 等自己

　　女孩独自生活，每天阅读、看碟、上网、购物，在晨昏牵着她的小狗，一个人散步。她说，现在是她的寂寞时光，她正在享受等自己的必经路程。二十岁之前，无法忍受有序但平淡刻板的日子，沉溺于酒精、药品和金属音乐，喜欢去人声鼎沸的地方等待天亮。两次，父母托人把她从拘留所领出来。喜欢某个男人带有颓废情调的小说，喜欢男人赞叹她的年轻和美貌。她说，我喜欢现在的生活。现在的生活对我来说像是粮食，我知道，它是健康的。过去的生活虽然令人有飞翔的幻觉和快意，却像是毒品，是有害的。

　　另一个女孩生活在西班牙，在 MSN 上，她说，她曾经等过她在意大利莫名失踪的男友四年，所以对那种等待的生活颇有心得。每天醒来先哭一会儿，睡前可以喝杯红酒，实在烦了就下楼跑跑步，工作注意力实在不集中或者失眠时，放一张 A 片放松一下。这样有利于工作和睡眠。简直是太过分了。女孩子不应该这样生活，身边至少该有个人照顾一下的，男友在意大利失踪了，理应在西班牙再找一个才是正理。

想来，每个人都曾有过那样一段等自己的"特难时期"。有时我们需要让内心平息下来，灵魂才会透出光彩，有时，我们需要借助于专注工作来消磨时光，以便忘掉或暂不想起一些人与事。等，并不是一件容易的事。不过，如果一个人连自己都不能等，还能等什么呢？等自己，就像请不一定能来赴约的朋友吃饭，最好的方式是边吃边等。来了，就加副碗筷，不来，也不抱怨。做好自己该做的事。

# 障 爱

　　她的爱情随着季节的转换由前任更替成新人。事实上，
他等了很久，才终于等来这辞旧迎新的时刻。终于，他不
再需要每夜送她到另一个男人楼下；终于，他可以和她名
正言顺手牵手吃饭看电影，在朋友的聚会中同进同出。

　　炎热的盛夏过去，骤然凉爽下来的新一季剧情让他和
她都心情愉悦。同去影院的路上，她突然失口讲了一件无
关紧要的小小往事。她曾经在前任生日时，送过他一枚漂
亮的打火机。就是这样一枚打火机，让他的内心突然纠结
且拧巴。

　　尤其是在影院等片开演时，他和她在小商品柜台前漫
步流连时，一枚枚印着正在热映的大片明星造型的各种打

火机映入眼帘时，他的纠结和拧巴越发地不能隐藏、不能自控。

当她提出也同样送他一枚柜台玻璃板下他看中的打火机时，却被他淡淡拒绝。其实，他知道，他是如此喜爱印有他偶像 POSE 的打火机。但他还是决绝地选择了离去。

在夜色中，他一路在想它，情绪低落恍惚。早晨醒来时，看着窗外雨中的街景，内心隐隐作痛，强烈地渴望再次回到她的身边，然而他知道，他又肯定会再一次掉头离开。如此的反复、翻转、纠结，让她以及他自己都无所适从。

在他的想象中，那枚打火机越发得精致到完美，完美到让人心生由衷的喜爱，喜爱到隔着玻璃柜台看一眼，都会咚咚咚地心跳。

闪着悦目的梦想般的金属光泽，握在手掌中有沉甸甸的幸福的舒适感。品质优良，仿佛具有灵魂，天真且骄傲。混搭着德国人的金属崇拜，美国人的自由梦想，日本人的优雅精致，中国人的……物是内心的外延。不安时握在手中，内心就能得到情人一样无法言传的抚慰。而它，就是因人类这种需要而被生产出来的。

甚至，他认定，这枚打火机就是人类在童年期最渴望拥有的工具。我们都需要火和温暖。小时候，你是否曾有过这样的经历，某件玩具在柜台中，那么诱人。可无论你怎样哭闹，都未能如愿以偿，玩具仍在玻璃后与你相隔。

某一刻，它的存在，仿佛比生命还重要。要情绪低落许久，要记恨许久，才会忘记。其实一切并没有被真正遗忘，只是在沉睡。如此，你长大了。若在商场柜台前，你又看到有小孩像你幼年时一样哭闹，你会笑他吗？其实，在某种意义上，我们都未完全长大，我们仍会隐形地哭闹，比如——因为这样一枚打火机。

无论怎样，你就是得不到，因为爱被分割了，而你，想要的是唯一，是全部。一切童年和青春期未能顺利完成的，都会不时沉渣泛起，成为突然凌空杀出的障碍。

# 潘驴邓小闲

本来是潘驴邓小闲，混着混着，一个不留神，竟赫然发现自己混成了中年潦倒男。这事，搁谁都难免纠结、拧巴，想不通。早年间，有位叫王婆的姐姐曾有警句名言，说：男人要五件事俱全，缺一样，不成。哪五件事呢？潘，貌赛潘安，得长得帅。驴，家伙式儿得大，跟驴似的才好。邓，邓通，这哥哥是古代一印钞机，你得跟邓通一样有钱。小，一说是青春年少，一说是体贴女人，要绵里针一般软款忍耐，由着女孩的性子来，只许人家不讲理，你可不能急不能烦。闲，要有闲工夫，大忙人不行，想你了你就得立刻出现，谈生意忙得四爪朝天不行。王姐说，此五件便唤作"潘驴邓小闲"。全了，人生百分百拿下，少一样，够呛。

我一听就乐了，说，这五样，哥们儿恰好一样不缺。"是吗？"王姐很怀疑。要不找一背人的地儿，脱了裤子我给你看看？"别！驴这一条我假装信你。其他四条呢？"有钱不用说了，我谁呀？我西门庆啊，家中钱过北斗，米烂成仓，黄的是金，白的是银，圆的是珠，放光的是宝，也有犀牛头上角，也有大象口中牙。而且，我脾气好，是有名的没脾气，犯起贱来，贱得是一塌糊涂没着没落。闲也不用说了，不闲得挠墙我也不上你这儿起腻来了。

　　从幻觉中清醒过来，才发现自己其实一样不占。饱含一肚子委屈，深夜，向早年认识的老哥哥在线诉苦喊冤。老哥哥说他正在拼命写字，以备养老，不觉间谈起了许多旧事，许多朋友，一直说到黎明。各种起起落落的命运。"你觉得你自己命硬不硬？"老哥哥突然有一问，带着风声，破空而来。"硬又如何？""硬就会从此告别逆境，以后全是顺境。"明白。陡然想起李敖金句。大师说："一、永不言败，永远战斗，无论多么失败，却不做失败主义者，不论处境多坏，却造次必于是，颠沛必于是，绝不灰心，绝不意懒，绝不怀忧丧志，绝不'不来了'，坚韧不拔，愈挫愈勇。二、永不为女人烦恼，永远享受女人的快乐。"

　　人生在世，难免有些时候，你会感觉有些软。不但命不够硬，可能连那话都有点软，也可能连饭都有点软。但是只要能按那些强悍的格言去做，总有触底反弹的一天。

坚定的行动主义者，会在最短的时间内，让命、那话儿、钱包、拳头都重新硬起来。不就那么三五件事吗？我实在是想不明白，那到底有他妈什么难的。

# 活 过

有一回，饭局上碰到一伙自酿啤酒爱好者。车载来成箱他们自酿的啤酒，供啤酒主义者们品尝分享。乘着酒兴，其中一人特意拿出一小盒啤酒花，每人分一粒观赏。席间，我讲了一个关于啤酒花的掌故，讲完了依惯例，赶紧补充一句："书上看来的。"另一朋友颔首微笑，说这个故事他也在书上看过。知音般彼此互问，你看的谁？最终同时公布答案：唐鲁孙。

想起几年前，初见唐著时，尚不知鲁孙是何方神圣。酒局散了，微醺后归家，拥被在灯下读了一夜，掩卷后，曾大为叹服。除了文章，也眩惑他的身世。据称，唐先生一直是世外高人，公务员退休后，闲来无事，作文投稿，旋即震惊台湾文化界。短短数年，著作累积十数本。有生之年，封笔收山。老北京论"吃主儿"，有一俗语，叫"吃过、见过"，是很高段位的赞美之词，是专门用来形容唐鲁孙或蔡澜这类人的。

"垫话"到此结束，入"正活"了。我猜唐鲁孙在退休前就一直在写，而且很有可能几十年未曾间断。自然不是成稿，类似一边活着，一边随手发微博。他和蔡澜的唯一区别是，蔡先生一边写一边就发了出来，唐先生则是散记后只能暂时先搁自家抽屉里，将来一总整理、清算。尽管方式不同，但在我看，蔡先生和唐先生不仅"吃过、见过"，而且"活过"。

闲谈时，曾和朋友说到"活过"这事。对于创作家来说，"活过"真的是很重要。"来过，活过，爱过"，这话因古龙而为世人知，寻根溯源，或是化自司汤达为自己写下的墓志铭："活过，爱过，写过。"其实，活过，本身已包括爱过，活过就是在生活中，混过，看过，思考过，路过过，停留过，得到过，失去过，受过伤，发过财……一切。

阅读当然也是一种生活。有一年，朋友推荐一本美食书，闲时翻阅，曾一边看一边摇头叹息，一方面是为作者铺天盖地般华美的词藻，少年作者故逞才气飞扬，又博古通今，哗啦啦这通儿学贯中西纵横南北的旁征博引，赞叹之余，反倒对蔡澜的"老僧话家常"文体更多了几分认识。有时，仅有华丽的文字是不够的，如王世襄论清式家具，越是繁复花哨，越是离真味与美远去。最终，一篇文章，仍是有没有见识才是打动阅读者的地方，套用香港词人郑国江的"填词只是填一句"说，就是那样一句，就是那样有见识有体温，应该是从阅历而非阅读中得来的，是吃过万千回体会来的经验。如此，除了去生活，别无他法。

享受生的快乐，奋力去活，是我们生而为人应该做到的本分。快乐之后，再趴在生活的边上，仔细做一番观察研究记录，则是另一种乐趣，是为司汤达老前辈所谓的"写过"。

# 一个人生活

　　她是年轻的单身母亲，有一个九岁的女儿。小女孩很聪明，也很可爱。平时，她把孩子放在寄宿学校，周末是和女儿在一起的时间，任何事都不能代替。她说，女儿是她唯一的精神寄托。我问起孩子的父亲。她叹息，他和她已经八年没有任何联系了，他也从不来看女儿，女儿已经记不起父亲长什么样子。从前女儿还会常常问起父亲，到了该上小学时，女儿已经懂事到在母亲面前绝口不提父亲。她对我说，她也记不起女儿的父亲长得什么样了。当然，我知道，这是骗人的话，或者说是骗自己的话。

　　一段感情结束了，分手了，如此彻底，让人难以想象，从前总是以为，因为爱过，又有了爱的结晶，会像电影演的那样，有了一生无法斩断的牵扯和关联。比如，《克莱默夫妇》或者《阿郎的故事》。和她认识时，我正在甜蜜的婚姻生活中混日子。很难想象，为什么有些人会选择一个人生活。当然，独居的人通常都很优秀，比如，在选择投入工作以忘情的日子里，她们的事业出人意料地顺利，于是，房子很大，车子很贵。

坐在她们的车子里听她们的故事，还是觉得那样的生活很不好。一个本来已经足够坚强的人，还总要在夜深人静时告诉自己要选择坚强，是不是有些残忍呢？于是，我觉得我很幸福，我虽然房子很小，车子没有，可我本来就是平庸的人，于是我有着有些人所没有的平庸的幸福。

后来，或许是想成就我的不平凡，女孩决定收回给我的平庸幸福。她想象了许多分开后的独立生活，觉得很美好，不必再向别人解释自己做任何事的动机和目的，自己知道自己就可以了。我本来也是不喜欢絮絮叨叨向别人不断解释的人，所以对她大大认同。于是独居了。于是我爱上了独居。没有想象中那么寒冷、孤单，只是深深地理解了小时候读过的那首裴多斐的诗，为什么"生命诚可贵，爱情价更高。若为自由故，二者皆可抛"。因为自由真的太好了。于是心情很好，于是自由生活。想起来那些选择一个人生活的朋友，觉得她们后来的日子真的是比她们处于情感纠缠时要好。

# 盛　夏

　　炎炎夏日的凌晨，黎明时的天色是一年四季中最美最空灵的。若你恰好在此时醒来，听着窗外叽叽喳喳的鸟鸣，偶尔汽车驶过空旷街道的声音，寂静会让你的内心清净，很适合去想一些平日不太会想起的事情，有时，仿佛所有的事在这一刻，会想得更清晰而顺畅，有豁然开朗感，有某种天色般空灵的顿悟感。

　　盛夏的午夜或黎明，你会被哗哗哗的大雨惊醒。雨水中的街道灰蒙蒙的，湿漉漉的空旷沥青路面，炎热中，不期而至的大雨会让人有想下楼，想去雨中看街景的冲动。

　　有时，看似来势凶猛的暴雨，会在十分钟后雨过天晴。若是未能被雨声惊醒，白天，看到街上猛烈的阳光，在燠热中看到一堆琐碎的关于暴雨或冰雹的欢呼留在微博上，会感觉很恍范儿，像是空欢喜一场，又像某种精心策划的恶作剧。

盛夏的午后三点，城市的街道很性感。酷暑，暴热，烈日下到处都是匡威、人字拖，热裤、吊带、长腿和裸背。喧嚣热闹的酒吧区，终于人迹罕至，不用担心没有座位。赤膊坐在后海凉爽夏夜最好的位置，四周空空荡荡，荷叶、莲花触手可及。带露珠的啤酒很快就变质馊了。偶有凉风袭来。在中暑之前，很想像九纹龙史进般由衷地一声喝彩："好凉风！"

盛夏是缓慢的，无力的，迷迷瞪瞪的，懵懵的，昏昏欲睡的，轻微厌世和轻微厌食的。街边小饭馆里，老式吊顶风扇缓缓转动，街景像是幻觉，老板兼大厨兼跑堂摆着一个蒋门神摇着蒲扇在一棵大树下乘凉的睡姿，呼呼大睡，让偶然闯入的食客都不忍心叫醒他。

记忆中有段盛夏的隐约印象，应是很遥远的事了。某天中午，顶着毒辣的太阳，两腿发软地去街边店就餐。看到四条汉子——应是附近居民区装修队的或城建工人——每人要了三个猪蹄两只硕大的肘子，聚拢在铝盆中，堆得像细腻腻的小山。半小时后，他们竟将其全部吃光。走出小店，不禁由衷赞叹了一声，好汉。

清少纳言在《枕草子》中说，夏夜是最美最好的。若是赶上有欧洲杯或世界杯的夏天，又恰好在休假中，后半夜约了朋友，在胡同中的四合院式酒吧，怀抱店家收养的某只温驯瘦小的幼猫，看看足球，聊聊闲篇，散场后在凌晨寂寂无人的街道漫步回家，和零星早起的晨练者打招呼，回想是夜月朗风清，如此的夏夜，确实是最美最好的。

# 小站即景

　　某年夏天，我决定跟随一个小小的摄制组去采访拍摄散落山河间最小最无名的火车小站。小站大多在偏远的两山间。满山的绿，山脚下是绿油油一望无际的玉米田。两道铁轨在正午毒辣的阳光下亮得耀眼。没有列车经过的站台，寂静和寂寞感都强烈得异乎寻常，甚至可以听到苍蝇在远处飞的嗡嗡声。

　　站台正对面，有两户人家。柴门，狗吠，鸡鸣。沿着铁轨来来回回地走时，我突然恍悟出许多古书中的情事。在天地间的静寂中，领会出什么叫作鸡犬之声相闻。刹那间，隐隐约约有某种和古人情意相通之感。

　　印象最深的是两岸青山层层叠叠的绿色。阳光笼罩下，更增加了绿的活泼、生动和鲜亮。令我好奇的是玉米田里竟然无端长出了一株向日葵。金黄色的梵高般的葵花在绿色中傲慢而孤单地坚挺盛开。后来，听朋友说，很多地方，都是玉米与向日葵并种的。一般是分做两排，一排玉米，一排向日葵。那个朋友还说，那是想让人融化其中的绿和金黄。

绿色植物中蛰伏着许多麻雀，有人靠近时，它们扑啦啦振翅而飞的声音听得非常真切，成群结伙低空盘旋片刻，随即隐没在远处的绿色中。消失得很突然，像是从不曾出现。黎明或黄昏，会有成群的乌鸦和喜鹊在孤单的铁轨远处成群地聚集，栖在暗红色信号灯上，在暧昧的光线中，像是某种伤感或孤单的幻觉。他们说，冬天大雪纷飞时的小站是最美的，路面全部被雪掩盖，只有两条铁轨在白茫茫中无限地伸向远方。

说来惭愧，四十岁前，我竟然从未在任何一处小站台下过车。所有与小站相关的记忆，几乎全部是间接经验，来自诗歌、小说以及电影。海子有一首诗，说："姐姐，今夜我在德令哈，这是雨水中一座荒凉的城。"听起来，年轻的诗人依旧是坐在火车座位上的，只不过是探头望向窗外，心事盘旋，咏叹一声，火车缓缓开动，又继续奔向远方。曾经下车短暂驻足的是安娜·卡列尼娜，雪夜中她在陌生的站台寂寞踱步，不期然，她未来的情人渥伦斯基突然在眼前出现，那是她和他初次单独倾谈，由此注定了一份文学意义上最著名的悲剧情缘。

一路孤单沿着铁轨慢慢行走，我曾一路在想：哦，小站，你是不是真的如此这般地让那些写诗的写歌的写书和写电影的人们迷恋？

# 站台上的老高

　　小站四面青山，距北京 209 公里，早先为五等站，据说，这个级别已取消，所以，小站属于四等站，仍是最末的一个等级。没有候车大厅，也不办理客、货运营业。每年我都会去那里看望一个叫作老高的朋友，他和我同龄，是小站的站长。

　　老高自 20 岁那年开始，就在铁路一线从事"脏、险、累"的工作。23 岁那年的夏天，连日暴雨，造成河堤决口，据说，大水淹到了山脚下这几户人家的炕上。邻村有个女孩子，被大水一直从上游冲到下游。那天，恰好老高值班，几天几夜未成眠，连续向铁路局总站汇报灾情和抢险情况，以致最后声带受损，所以他现在说话都有些沙哑。

探望老高或许也只是一个幌子，有时，我想，我可能只是喜欢在站台上，全程目送列车的驶入和驶出，专注地盯着客车上的旅客，有时甚至想和他们挥手致意。短短一瞬间，会有好几次的目光交流，有孩子、中年汉子、漂亮的姑娘。弥足珍贵的是，彼此间，此生再也不会相逢了。就是这样，在 0.018 秒的时间内，错身而过。

　　站台四周的风景很美。第一次来的人常常有一种想留下不走的冲动。事实上，只需要一个下午，就会被笼罩周身的单调和寂寞把冲动打消掉。老高是站长兼厨师，为了款待我，他常同时做炸酱、麻酱、打卤和西红柿鸡蛋等四种手擀面，客观地说，非常好吃，非常非常好吃。饭后，我们闲坐站台，抽烟，望着对面的青山，远处的铁轨，无所事事，发短信，手机上网，玩微博。当然，这是作为过路客的我们，不是老高他们。他们，站长、值班员、助理值班员，仍在工作时间，不能看书、不能上网、不能听歌、不能喝啤酒，只能等待和守候下一列火车的到来。夜幕降临时，我站在铁轨远处，看到小站悬挂着的那盏白炽孤灯，灯光中飞虫萦绕，灯光下，他们或站或蹲，聚拢在一处，谈天话家常，非常像是一幅画。然后，我会乘坐晚间最后一班列车，离开小站。上车时，通常我会最后回望一眼老高和他的小站台。

　　差不多这就是全部。他们在那里，坚守岗位，日复一日年复一年，认真、严肃、敬业，开朗、乐观、幽默，好客、诚恳、忠于爱情，普普通通，瞬间可以成为朋友，有他们自己的欢乐悲伤。当老高身着制服时，我唯一想谈论的是他们的责任感。但是，那是只能去感受，却无法描述出的事物。

火车渐行渐远，我常会想，我只是一名乘客，一名过路者，只能看到风景，听一些传说，可以轻易感受他们的快乐，却无法真正体会他们工作的艰辛和寂寞。或许，我需要走更多的路，在站与站之间做更多次的折返，才能懂得茫茫夜色中路过的每一处亮着灯光的站台苍凉之中所蕴含的温暖意味。

# 抹茶冰激凌

　　店内冷气很足，午后，只有她一个客人临窗而坐。隔着玻璃，外面是雾蒙蒙湿气氤氲的桑拿天，热浪足够让人当街昏厥。他迟到了十分钟。两人面对面断续沉默断续地谈了两小时话，完全没能找到共同感兴趣的话题。甚至包括饮食习惯，都隔膜得像生存在彼此陌生的两个世界。他和她就是被辞典拒收的所谓"剩男剩女"。这天，他们因"相亲"，在茫茫人海首次相遇。

　　彼此都很气馁。隔周后，他尝试再次约她。运气很差，约会前半小时，突然暴雨瓢泼，下足量后又突然停了。路面泥泞，露天啤酒广场的椅子都是潮湿的，且荒郊野岭般与世隔绝感，黑漆漆的天空下，周围都是陌生人，基本上，全是——负能量，没有丝毫正能量的气息。刚找到那里时，她恍然走进《德州链锯杀人狂》《恐怖蜡像馆》以及《杀出狂人镇》《僵尸的黎明》，诸如此类的种种现场，连侍者的微笑都仿佛是诡异的。

被命运摆布的一男一女困在那里只能无语看大屏幕打发无聊，电视不清晰闪着雪花，正重播昨夜一场隔四年一届的盛大体育赛事的开幕式。此前，他们都对足球没有丝毫兴趣，纯是没话找话，她提议不妨猜一下谁将会是冠军，赌注是一客抹茶冰激凌。她曾在西班牙留学，于是选择了西班牙，而他，随机地选择了意大利。

两周后，他突然开始失眠，做了一夜决赛的噩梦，被午夜哗哗哗的雨声惊醒。他浏览了她的微博，趴在窗前看雨景，在屋里踱步，面对湿漉漉的空旷沥青路面，幻想了片刻陌生而遥远的后半生。他私信她，说西班牙若真能和意大利在决赛相遇，应算是一个令人价值观改变的隐秘的奇迹，不如届时闪婚。她回复，若你赢了，我可以考虑，若我赢了，我更想吃到那一客抹茶冰激凌。

他突然预感会赢，甚至产生赢得大注后的失落和茫然，自己竟因此成家立业，生儿育女。他默默立志，未来将做一名好丈夫、好父亲。他在微博中写道："我赌意大利夺冠，这个准确的预测将是我个人的最大胜利。这就是足球，充满了戏剧性，上帝总是用你最意想不到的方式，彰显他的公正和恩赐。"

　　他最后一条和球赛相关的微博是："我只是输掉了一客抹茶冰激凌，这并不意味我输掉了整个人生。"出于友情，我留言评论："这就是生活，充满了戏剧性，上帝总是用你最意想不到的方式，把他的玩笑作为礼物，派送人间。"

# 一枚银簪

　　从前，她常反复梦到一枚银钗，式样是她在现实中从未曾见过的。在梦中，首先出现的是一间房子，古旧而阴森的明式家具，墙上悬挂的照片是个旧时代的女子。她拉开梳妆台抽屉，清晰记得里面放置的东西，零散的麻将牌和女人的银饰。醒来，才发现是一个梦。

　　她把这个古怪的梦讲给男友听。梦太清晰，她记得很牢，梦中的感受有一种强烈的真实经历感。几天后，她再次做了同样的梦。这次，梦中那照片上的女人背身坐在藤椅上。她打开房门，走进去，问："你是谁？"但那女人并不应她，依旧坐在那里。突然，在梦里，天就暗了下来。黄昏的来临，显得毫无理性。对峙中，她有些气恼，说："你能转过身来吗？"她不知道自己为什么要说这句话，可话刚说出口，她就被自己吓到了。她打了个寒战，后背出了层细密的冷汗。这时，被梦到的女人慢慢站起身，转过脸来。做梦的她被吓醒了。

一年后，她结婚了，她和他买了新房子，她和他共同有了个属于自己的家。婚后，她偶然在房间的角落发现了一件女人的银饰。起初她以为是老公买的。她肯定那东西不是属于自己的。但是老公不承认。这时，她回想起了那个被自己遗忘的梦，随着时间被慢慢遗忘的梦。梦中的陌生女人头上别的就是那么个东西，一模一样。她想，那枚银钗是从梦里来的，是梦吐出来的，是这套房子吐出来的。

她和他都不知道该怎么处理它。扔掉？她想，如果梦中的女人来讨该怎么办呢？留着？显然，那是一枚有灵的物件，若是邪灵，不是害自己吗？她和他都很犯愁。

几年后，他有了外遇。夫妻间总是争吵，争吵不断升级。彼此越来越冷漠而缺少信任。她疑神疑鬼，对人性渐渐感到失望。某一次剧烈的争执中，暴怒的她随手拿起了那枚银钗，鬼使神差地刺到了他的眼睛。

那枚旧的银簪子是曾经我和他一起逛古玩店时看到的。我本想买了送人，问店主："真吗？"店主说："老物件，绝对真，出土的。"吓得我马上搁下了。我不要真的。印象中是他买了那件漂亮的旧银饰。不久前，她曾在梦中看到的那枚旧式女子饰物终于又回到我手中。出于某种对秘密的热爱，我决定收藏这件前世属于她的念物，永不满足它渴望找到旧主人的幻想。

# 混大局，局混子

香港人叫"埋堆儿"，北京人叫"混圈子"。一旦混上，会上瘾。夜夜笙歌，醉生梦死，想戒都难。有一种戒法是类似拼命"吃肥肉"，直至吃腻吃伤，再不想碰，看到都反胃。但不一定管用，分人，搞不好会沉溺更深。另一种方式是硬戒，谁叫都不出门，生扛着。

我用的是"吃肥肉"法。趁冬眠之前，在深秋的后海、三里屯、工体路，和所有新朋老友都见了面。事情是这样的，某周末，突然发现静音的手机有未接电话。思前想后，决定打回去。原来有酒吧店庆，所有人都在捧场。老板温和地责备为何独我不来。收线后，我怀着愧疚和羞涩飞快地下楼打车，穿过烟袋斜街、银锭桥，沿南河沿朝西走了一百五十米，蓦然发现，高朋满座美女如云，全是熟脸和半熟脸，最令人欣喜的是，竟然还有很多人不认识。崩弓子、味蕾、满惯在人群中寂寞地各抱一瓶啤酒，发呆、耗时间。果然不出所料，号称三里屯四大混星之一的虎头腕老哥也在。他晃过来，看到我吓了一跳，你怎么跑出来了？还是崩弓子比较沉稳，对我视若无睹。虎头腕提到，有一处新场子，我竟然至今没去踩过。没多久，虎头腕毅然决然打算奔第二场。我坚定地表示追随。并且预定了未来的几场，要求对方电话、短信、私信、飞信、微信以及到楼下叫我等各种方式通知我。

出人意料的是，在 CHINA DOLL，季四哥包了一间巨大无比的KTV。空旷得令人胆战心惊。虎头腕倒头就睡了。剩下我和满惯、味蕾，依次重温了一遍八十年代的老歌。邓丽君、凤飞飞、甄妮。无人喝彩，一人唱时其余人独坐发呆。中间，虎头腕醒过两次，带我奔外面舞池寻觅了数圈，发现很难融入到外面热火朝天全是狂蹦的果儿和色糖的大时代，于是退回到空寂的包间继续怀旧。许多人纷纷赶来，纷纷离去。酒残人散，又继续转场至一处迪厅。非常危险，楼梯狭窄，地下室完全封闭，黑暗，不透气，人满为患。在洋妞丛中，我以极大的毅力，成功克制住了想回家的欲望，一人偷溜，转而奔了工体东路。

工体东路是崩弓子一伙在吃火锅。我赶到刚一落座，电话就响了。我起身到远处接电话,原来是 P 老约了我去亚运村,问我到哪儿了。我说,在路上呢。旁边一桌四个姑娘,看到我明目张胆地撒谎,停下筷子,冲我微笑,代 P 老向我表示抗议。回到崩弓子桌,我继续吃喝一会儿,决定还是应该赴 P 老之约。亚运村的吸引力在于,那是一场文学局。除了 P 老,还有两位都是我十来年前认识的朋友。当年他们满怀文学理想来到北京,十几年后全部变成了生意人。无论如何,文学的时光比崩弓子们火锅后将赴的朝阳门钱柜更令人迷恋。尤其是,我们其实又都是一些被文学淘汰出局的人,更值得我不远一万米,辗转西城东城左拐右转抵达此处,赴文学女神的一面之约。P 老看到我,欣然又开了一瓶洋酒。

　　天蒙蒙亮时,我发现我是孤单地站在南锣鼓巷寂寂无人的小街上。和蹲在古旧建筑灰色屋脊上的一只孤独而骄傲的猫对视了十分钟后,我想起一些温暖而美好的事情,自认为由此领悟了生活的意义。十数年来,由少年到脸带沧桑,难道我就要这样一路在这个圈子里混迹到老吗?我给味蕾打电话,问他下周的局还去吗?他悲伤地说,不了,他要做些有意义的事情,他不想成为没出息的局串子。深得我心,于是,我说,好吧,我也是这么想的。出人意料的是,下一周,我竟然又和他在局中邂逅,一照面彼此惊讶且无语地先对视了十秒钟,才缓缓放松和坦然下来。

# 所谓托付，所谓辜负

　　有一个人，藏有一册"洪门海底"。所谓"海底"就是洪门的绝密。家传了好几辈。祖上留下的话是：一、不能看；二、不能传外人看，否则左眼看了挖左眼，右眼看了挖右眼，双眼看了挖心肝。要等某一天，一个够辈分的会打"三一九"手势的人渡海而来，才能出示此册。此物一出，四方来朝，风起云涌，山河变色。所以，至关重要。

　　几百年后的某天，电视台拍片子，寻访到此人，欲重金收购。那人死活不卖，死守着祖训，不合作。工作人员做那人思想工作，说，世事变迁，洪门早都散伙了，已经能泄密了。劝导加利诱，左说右说，后来，那人回家痛哭了一场，才扒开祖屋的老墙，一百二十个不甘心地把册子拿出。

册页缓缓展开，天地为之静寂，众人屏息凝神，但见泛黄的绢布上，只有四个模糊的字——反清复明。为了这四个字，他们一家五代，辈辈相传，隐居福建乡间，守候着这个惊天的秘密——至今。

他和她相隔两地，流水间十年未见。曾经彼此深恋，分手后，只年节时短信寒暄。通常，他问，近来可好？她答，容颜如昨。十年后，彼此终于重逢。他当时心中暗惊，十年的光阴，未在她的脸上写下任何字迹。隐约间，他记起从前，她曾抱着一盆花来看他。黑暗中，她指着那些鲜艳的花朵说，它就是我，我就是它。你要好好养着，就像在养着我，想我的时候就去给它浇水，小心地呵护。那盆花早已在很多年前死去。

再见她时，他去花市买了相同的花摆在家里，她见到了，眼中有隐隐的泪光。她不知道，那盆花在多年前就已经死掉。也许从那时候起，她的生活就开始了总是不如意。她把灵魂摆放在了他的窗前，又被他扔到了楼下的垃圾桶。她不知道，有些东西是不可以轻易托付的。被浪费之后，她已由活人变成了一具美丽的尸体。

# 一场肉体危机

在日式烧烤店，他听到身后有女孩开玩笑说，不如咱们生个孩子玩玩吧。于是他忍不住回身张望了一眼，寻找声音的来源。在他身后有两三桌客人，一桌是浓妆艳抹的女孩和一个喝醉的愤青，另一桌是酷似某歌手的眼镜男和他颇具书卷气的眼镜女友。45度角，斜线，是三个粗犷的北欧背包青年，并排的是一对文雅古板的德国夫妇。

他已人到中年，每当季节转换或者说情感换季时，难免多愁善感。例如昨天，有服务员推荐他们店的麻辣小龙虾，会令他猛然想起，他已有好几年没有吃过这东西了。早年，都是有人剥好了，放在他的小碟中，然后他用筷子夹着吃。竟然从没有尝试过自己动手去剥。看到店内另一桌没有眉眼高低的食客吃得热火朝天，麻小的气息阵阵传来，无端勾起他许多湮灭的回忆。

现在，端坐他面前的年轻女孩在负责烤肉，他负责吃。人生很无奈，他只能撩开后槽牙，抡圆腮帮子，坦然面对人生，直吃到对人生感到绝望。他决定就那么坦然地把自己吃绝望。天亮前，他离开那年轻女孩温暖的身体，顶着冬天凛冽的寒风，回到老婆孩子身边。路过街边某处夜总会时，他想起从前的一个朋友。他和那个朋友曾经一起唱过800回KTV，晚晚混到天色渐亮。中年的时光是如此宝贵，已没有时间和心力夜夜K歌买醉。想起那些日子，仿佛连欢乐都带着沦丧的气息，不可制止的自暴自弃。

他是一名编剧。连日来，剧组一直在开会讨论剧情。主题是男一号为何会被名伶诱惑，堕落变质，背叛发妻。身为主创，他被认定从未曾寻找到更合理更有力的解释。没有理由，女名伶年轻、漂亮、风尘、魅惑。结发妻子再如何曾经付出过爱，说穿了无非是精明势利的妇人。站在男人角度看，她所能给我们展示出的未来是可预见的、无趣的、现实的。女名伶所能给我们的未来却是开放的、无法预期的、有趣的，具有某种冒险意味的未知。

他很想说，如果是我，我也会选择女名伶，终止一段僵死的停滞的感情。某种意义上，发妻源源不断发出的爱，如果那能够算是爱的话，也是散发着腐朽肉体气息的爱。

当然，他自知这些内心的想法无理并且错误，在剧情讨论会上他是不会说出来浪费BOSS们宝贵时间的。但是他每次回到老婆孩子身边，内心都会感叹，哦，那些隔夜的不新鲜的气息。

　　人生很无奈，有百日咳，有荨麻疹，还有中年危机，就像智齿早晚会长出，令人牙痛。

# 微博依赖症

众声喧哗的时代，有些人的微博是讲演，有些人的则是表演，还有一类人则只是在自说自话，汇报和记录些自己的生活流水账，家长里短，鸡毛蒜皮，偶尔迸发点小感悟、小心得。其实未必有人看，未必有人听，多数与他人无关，大可一笑置之，不置一词。

麻烦的是，有时说者无意，听者有心。某人曾发布过一段关于唐诗宋词的议论，竟悲惨地被他的某位红颜不知己拉黑。某人闲得不知道哪疼的议论是：唐诗很户外，宋词很宅。说诗庄词媚，他要多读唐诗，少读宋词，宋词都是庭院里的闲愁，格调不高，病病歪歪的，腻歪来腻歪去的。惨遭拉黑的原因是，他的红颜不知己恰好在两分钟前发布了一条微乐评，语言华丽优美，浓厚的小资情调，做贼心虚，第一时间将"病病歪歪，腻来腻去"等词汇安到自己脑袋上，面对如此讽刺，立刻施展报复。

另有怪咖小说家一名，常常在微博自省自责自我检讨，某次，突然没头没脑地痛骂自己道：写的什么玩意儿？太差太差太差！没承想，与此同时，微博上竟有五六名之多的同行友人在晒新书，纷纷将他的痴人呓语当成了别有用心的恶毒攻击。自说自话已如此误会重重，利用微博恋爱，更是险象环生。假如，双方或至少有一方，依旧无法摆脱对微博的依赖，事无巨细均在微博倾诉，必会将隐私泄密。

有一对男女朋友，常差不多同时发博，一个说："我的忍耐真的是到了最后限度。"另一个说："我终于体会到了什么叫作深深的失望。"众都疑惑，两口子有话为什么不躲在被窝里说，要各自发博让我们围观呢？雾里看花地猜测他们是吵架了甚至是要分手了。隔不多久，饭局中再见，发现两人其实亲密依旧、恩恩爱爱。原来只是在发泄一时一地的小坏情绪而已。坏情绪发泄掉，也就翻篇了，过去了，依旧投入生活中，红尘十丈，忙忙碌碌。

对于城市中那些快节奏善遗忘的情侣，微博上的隔空喊话，说不准未来都是值得去收集的美好回忆。那时，我们都还年轻，在微博上彼此相遇，曾经谈过一场被悄悄围

观的恋爱，彼此留言，互致私信，隔空喊话，还有那么多
别人永远看不懂的美丽句子和流水心情，只有你懂的……

# 分手后遗症

　　有一张影碟，特别难找，又特别想看，某人问遍亲友团，终于发现了一位潜水的电影达人，回复说："我有！"某人特别欣喜地对她说："亲，借我看！"对方突然一拍脑门，啊！悲剧了，在我前男友那里，分手得太突然，落了一百余张影碟在他家。低回半晌，某人说，要不和你前男友复合呢？电影达人惊怪：为什么？某人说：牺牲最后一夜，既取回你的影碟，又不显得小气是回来要东西的，第二天一早，再宣布，哦，我们再次分手了，抱着你的影碟决绝离去。

　　万幸网店好多，除了爱，没有什么淘不到的东西，所有因分手而遗失的，大不了再淘一张就是。这个感慨是网店快递员带给某人的，他收到的是一本叫作《爵士乐群英谱》的书，是村上春树为爵士名家挨个画的文字速描。

某人说，书他早年都有过，被前任拿去翻看，说太喜欢了，就不还了。自然是开玩笑。在一起时常来常往，彼此不分，未承想一旦真正分手，便成了永远的丢失。

某人的那位前任是位音乐达人，青少年时代以卖打口碟勤工俭学，精通音乐往事，荒废了编剧专业，她虽然强行霸占了某人的《爵士乐群英谱》，但作为交换，曾送过他一张书中提及的黑人女歌手 Billie Holiday 的 CD。后来那张 CD 某人也找不到了。想来想去，好像是又被音乐达人的继任借去听，说是太喜欢了，就不还了。都特别理直气壮。当时继任恰好刚看了萨冈散文集《我最美好的回忆》，于是激发出对 Billie Holiday 的好奇。

由此可见，情感的兜兜转转、分分合合，对于著作家或知识产权拥有者，倒不是坏事，至少借助他人爱的激发与消亡，作品在持续流通和传播中。悲惨的是分手双方当事人。无论如何洒脱，如何装作不在意，日久生情，总归会有些轻微的分手不适症。治愈的方式归纳起来，无非喝醉、倾诉、旅行……如此等等。

# 你焦虑吗？

请问你感到焦虑吗？如果回答是不，哦从不！那么，祝贺你，你简直是太幸福了，而且幸福指数已经远远超过了一条狗或者一只懒洋洋会思考的家猫。没听说过吗？连小猫小狗都会有焦虑症，共同的症状是在家中无人时搞破坏，要直到主人下班回来，才会变得安静，可怜地等待着它的将被惩罚的命运。

焦虑感不但会彼此传染，而且无论你隐藏多深，都会被感知。你有没有觉得，当你焦虑时，宠物们突然会变得很乖，安静地等待着你的焦虑和躁狂平息下来。那个时候，我总是在猜想，那是我的狗和猫们在替我着急，同时，它们内心也非常自责，自责它们帮不上我任何忙，于是只能很乖很安静很忐忑地默默关注着我。

　　目力所及，竟然那么多人都在相同时间内和不同空间中各自焦虑着，做报纸的，做网络的，做电视的，栏目组的，摄制组的，甚至看大门的，每人仿佛都置身在一架高速运转的机器中，每人都有一堆朝令夕改没头脑的上级，和一堆随时玩失踪的不靠谱的下级。生存空间逼仄狭窄，非常被动，身不由己，想不焦虑都难。

　　一焦虑，就上火，就噩梦，就口腔溃疡，就牙龈肿痛，就颌下淋巴发炎。患得患失，在手的害怕失去，未在手的害怕得不到。着急时，急得像是赶火车赶飞机赶诺亚方舟，恰好交通拥堵得令人绝望到像膀胱爆满，却找不到厕所。闲时则怕穷怕死怕生病怕孤单怕没人爱。一旦断烟简直生不如死，一旦断网崩溃到抓狂。某一刻，会想，完了完了，肯定是活不下去了。

　　焦虑感会消耗掉一个人大部分体力。拨出的电话没人接，等待的电话总不响，所有不同形式的焦虑都让人困倦却又让人无法达到深度睡眠，只能在梦中继续你的焦虑。焦灼地寻找失去的东西，仿佛是喝大了丢失了什么重要的随身物品，于是，返身回去，在梦中粗暴地问询那些面孔模糊的人，就那么焦灼着，寻找着，直到从梦中醒来，才发现，原来自己并未曾失去过什么。该在的，都在身边。

# 截稿日期

　　世上所有的码字工人——包括写小说的、写专栏的、写剧本的、写歌词的、写文案的，甚至可以扩展到做设计的、搞装修的、拍电影电视剧的、盖大楼的——都应该，毫无疑问地应该，坚持守时守信，以按时交稿为荣，以拖稿欠稿为耻。

　　但是，世上的事，真的是说来容易做来难。踢球也好，码字也好，不相信状态是真不行。状态来了，神勇得挡都挡不住，横推八匹马倒，倒拽九头牛回，天马行空，悍勇飙字，胡扯、乱盖、狂喷，在百万字中杀个七进七出，下笔万言倚马可待，而且好到无法描述，一描述电脑就死机，像是滴酒未沾就大了飞了嗨了，李白般的一挥而就，说唱乐般铿锵的节奏，绝对无法阻挡的激情。

　　但是，没有状态时你可就惨了。才思枯竭，在电脑前坐满十二个小时，颈椎酸痛，绞尽脑汁，三易其稿，仍无法卒章，如此悲催的码字工人命运，焦虑抓狂崩溃至吐出的烟圈差点在幻觉中变成上吊绳。没办法，码字和生病一样，都是属于需要独自面对和独自担当的事，交流一点意义都没有。没有人能帮得上你。无助感完全等同前南斯拉夫电影《桥》的片断：一名游击队员，在对岸德国兵的子弹呼啸中，艰难地攀爬着一根自桥栏上吊下的绳索。桥上的战友除了眼睁睁地看着他奋力绝望地独自向上攀爬，没有任何办法。快一点，你快到了，把手伸给我。在几乎接近战友时，游击队员松开了他紧握绳索的双手，告别了生命，告别了他的战友和敌人们。

　　赶稿的日子，最深的感怀是，截稿日期真的是很残酷的一件事。常想起年轻时，人有上进心，每当截稿日期临近而未完稿，都会产生幻听，咣当一声，饭碗摔在地板上的一声脆响。好多年养尊处优，没体会过那种感觉了——水深火热呀。有时，睡醒一觉，懵懵懂懂在卫生间洗漱，突然一身冷汗，呀！我还没有交稿！继而突然想到，不对啊，稿子我昨天已经交过了。如释重负。但昨天交过的稿件，具体写的什么内容，起了怎样的题目，除非坐回电脑前翻找，竟已完全想不起来。

最常想起古龙的那句话："你为什么拖稿？因为我心情不好。你为什么心情不好？因为我写不出稿。"赶不完工，写不出稿的那一刻，即便你只有二十岁，也会无端生出英雄迟暮，廉颇老矣的感叹。亲，今天你按时交稿了吗？

# 全职师奶

　　徐静蕾导演的某部电影作品中有句台词，说："小市民才把家弄得跟狗舔的似的呢。"依我看，做小市民挺好。如果收拾家就是小市民，不妨活得更小市民一些，直至成为全职主妇。

　　主妇的生活是如此诱人，竟然可以理直气壮地把生存的艰辛——挣钱——这回事完全交给别人，自己只需在家做饭、逗孩子，忙碌一日三餐，闲了歪在沙发上翻阅流行杂志，时尚、旅游、美食、电影。每天早起逛菜场，和新鲜的蔬菜和清水打交道。衣服投进洗衣机，有闲情逸致的话，还可以写写博客，专攻育儿亲子。把孩子当作文字倾诉对象，文章没头没尾不作任何交代，就是笨笨如何如何笨笨这个那个。

初次闯入博客的读者一定极费思量。这位笨笨谁呀？何许人也？她家狗？她老公？情人？追读一段时间后才恍然，咳，原来是她儿子！我当谁呢！失敬失敬。洗衣服，拖地，打扫卫生，换床单被罩，都怀着愉悦的心情去完成。洗完衣服，还得再熨熨，平整点好。扫完地，要像一休似的趴地上再拿抹布抹一遍。一块抹布，擦桌子，擦地板，擦玻璃窗，刷完马桶再洗碗。一句话，可以擦一切。两个小时，运动量相当于去青鸟健身房。每顿至少四个菜，想不重样，绝非易事，比之创作家殚精竭虑图谋自我超越，脑细胞之耗损，无法求新求变之苦恼，应不相上下。固然只是在忙碌晚餐，但内心真诚地把这一切当作艺术，生活的艺术。把自己想象成艺术大师。就是说，一切生活，都有可能成为艺术。如此日复一日年复一年，或许，某天，无意间，师奶的博文结集成书，竟然火了，说不准收入还超过了老公。如此，完美地回身一转，完成师奶的逆袭。

当然，一切仅是我的想象，是艺术化了的师奶。生活中的师奶通常是另一番景象，如电影《克莱默夫妇》中最终离家出走的乔安娜，蓬头垢面，绝望、郁闷，生闲气，一天到晚干不完的活，怀疑老公外遇，嫌弃孩子哭闹，怨天尤人，家长里短说闲话，寂寞无望，婆媳不和，如此等等。一句话，她不热爱自己当下的生活，她想生活在别处。

罗素在《西洋哲学史》中解释乐观主义和悲观主义时说：乐观主义者认为，宇宙的存在，目的是为了让我们高兴。悲观主义者则认为，宇宙中的一切，其实都是为了让我们不高兴。罗素说，科学的观点是，宇宙的存在，和我们高兴不高兴毫无关系。

　　不过，据说高兴能让人产生正能量，不高兴则让人产生负能量。如此，我更愿意怀着对世间万物的汹涌爱意，带着高兴分泌出的脑黄金，迎接短暂生命中的每一天。

# 对 手

　　曾经，我是黄爱东西热烈的读者。在二十世纪九十年代，漫长的十年，她一直在报纸副刊上自说自话。文字有趣，古灵精怪，用广州话说是很"鬼马"。所有的篇章，都是具有休闲性质的，谈论的也都是可供休闲娱乐的事物，吃喝玩乐、衣食住行的种种细节，大多和广州那座亚热带北回归线城市有关。

　　文章都极短，断章散篇，仿佛随手写就，天马行空，行云流水，像是某种即兴演奏，又像漂亮女生抽屉里的小零碎。结集后，薄薄的小册子，颇令人有珍视宝爱的赏玩感。虽是短文，量却极大，无端营造出一种文字迷宫的幻象，扎进去，很难再原路退回。

曾经，我认定所谓专栏作家，才是世上最幸福、最美好的职业——漫不经心地闲笔般说东道西，用悠闲的方式，在散碎文字中消磨时光，而且，竟然还可以收获到稿酬。

　　后来，其人不再更新，反倒勾起读者某种怀念的意味。在茶餐厅，在粤菜馆，看到靓汤，看到烤乳猪、烧鹅仔，都会无端想起她。偶尔会和朋友讲起依稀记得的她曾经写过的趣事。碰到有可能会认识她的朋友，会打听她的消息。曾经，偶然在她好友博客上搜到过一张她的照片，在我看来，美貌得令人吃惊。

　　忍不住翻出她的旧作，重新阅读曾经喜欢过的如下篇目：《旧日青青》《女鬼》《老唱片》《狐狸狐狸几点钟》《白衣》《浪迹天涯》《茶楼》《后巷》《桃花》《屐声》《帆影》……如果列举出所有喜爱的篇目，就已足够构成一篇花团锦簇的千字短文。她的字一直是干净、含蓄的。常在不经意时，让人五味杂陈，叹息低回。每次阅读总会赞叹她曾经写下的文字，她说："一直记得一句古词。那句古词很惆怅地问，昔日青青今在否？当我们偶尔地回首眺望自己的少年时代，我们会发现，光阴是这样寂然无声地疾驰而去。"

　　还有一段，她说："如果世上有魂灵的存在，那么我愿意做一个附在老唱片上的女鬼，被尘封着，偶尔地在唱片旋转的时候，不为人知地飘出来游历一番，看一看日后的世界。然后，再倏然飘回，重又被尘封起。"未来，如果有外江佬和我在纽约谈论起广州，我会停顿半晌，说，哦广州，那座城曾经出过黄飞鸿，还有——黄爱东西。

# 一枚糖果

## 一

一枚糖果有一句话，说："一枚糖果，在爱的暖风里腐化，堕落，死亡。"

这句话，听上去就像是这世界上最短的一篇恐怖惊悚灵异悬疑小说。令人动容，令人悚然，令人好奇，令人观赏玩味。为这一句话，就很值得追捧一枚糖果当偶像。其人或者说其人的文字，不为别的，就是来吓你的，于是，你会明白，那不是一次偶然的路过，而将是一场注定的相遇。所谓相遇，就是说，你会觉得被吓得值得，被吓得有趣，被吓得心甘情愿，被吓得久久回味。犹如一场恋爱，犹如一次死里逃生，即使不愿在记忆中珍藏，想忘掉总是非常不易。

感觉，一枚糖果的文字像水，至柔，清澈，明净，在美丽的感官愉悦背后，有着足够淹死人的无形力量。那水一定是流沙河的水，水面景色怡人，水下白骨成堆。没有道理好讲，她就是这么诡异。传说中的水妖，一般都懒得给你讲道理。

某次，一枚糖果说她喜欢丁天的小说，理由是这样的，她说："我喜欢这种风格的恐怖小说，简洁、恐怖、有小幽默，流畅又细腻，故事情节简单，死与不死不需要太多理由。因为简单，因为自然，因为害怕，因为伤心，还有小小的幽默和大段的惊悚、色情，让我一直想把故事看完，一定要看完，一直在看，一直想看下去，看完，叹息，合上书本，叹息……"这段告白，是经典的一枚糖果的方式，丁天其实担当不起，这实在应该被看作是一枚糖果的自述。简洁，恐怖，幽默，流畅，细腻，自然，害怕，伤心，惊悚，色情，记住这些关键词，这是一枚糖果的风格，这是一枚糖果的个人注册商标。


二


认识一枚糖果，是从《鼠皮玉人》开始。那是她的第一本书，后来，她又写下了《爱情心怀鬼胎》《衣冠禽兽》，直到这本《我要杀人》。看完《鼠皮玉人》的时候，曾经立刻写下了一些关于糖果的文字，我是这样写的：

如果一枚糖果去写言情，文字一定是甜的，诱人的，可是，这个女孩却披着糖衣在写恐怖，她的文字仍然是甜的，诱人的，同时，会有些微苦，还可能会有毒，让人会心一笑，然后一身冷汗。

一枚糖果的小说有着明显的网络文学的印迹，因为没有拘束，又要引观者注目，于是处处往极致而去。表现聪明，字里行间就聪明洒落一地；描写残酷，也轻松地达到了毫无人性、令人发指的境界。

你见过那样的小女孩吗？她聪明伶俐、活泼可爱，顽皮到走路都不好好走，一蹦一跳的，在阳光下她惹人喜爱，在深夜你却不敢与她同行，因为夜的黑暗与她内心的深不见底，会让你有种不知道会发生什么事的不安感。

一枚糖果作品，一个死孩子把你由阳光突然带入黑暗。逗你笑，又给你战栗。折磨你，让你沉浸其中，无比享受她文字的魔力。

# 三

《我要杀人》。这是一枚糖果最重要的作品。

糖果说，《我要杀人》之前，我就是在胡乱写，《我要杀人》之后，我也只能再去胡乱写写了。长途电话中，糖果的声音显得有些伤感，我闻言惊悚得不知如何是好。

这将是一本什么样的书呢？它一定吸走了她的精气魂魄，她一定是把自己全部的血肉放置了其中。开卷展读，我悚然，肃然，悦然，突然，惶然，黯然，然后深以为然。

# 四

年前。郊外。瑶台山庄。寒冬。深夜。空荡荡的酒店大堂，一伙人围坐，听一枚糖果说，她最喜欢的一部电影是《人鬼玩过界》。

写恐怖灵异小说的人，有时候有着某种连自己也不知道或者无法意识到的冥冥定数，所以，每一句话都是不能随便讲的，沾鬼气的人，太容易一语成谶。用糖果警句说就是："随便爱上一个人很危险。"好在，我恰好看过那部片子，知道那个导演叫彼得·约翰逊，而且事业顺利，一路走高。《人鬼玩过界》是他的早期作品，拍得巨飞，巨不讲理，令人过目难忘，同一导演后来越玩越大，多年后又拍了《指环王》和《金刚》，都是耗资巨大的大片。

当糖果话音一出口，被人记下的时候，她冥冥中肯定和那个好莱坞导演有了某种形式上的关联，我相信那就是，在某种意义上说，《我要杀人》一定相当于《人鬼玩过界》，而一枚糖果在未来，还将会写出属于她的更飞更凌厉的作品，写出属于她的《指环王》和《金刚》。吓死你，感动死你，诱惑死你。一枚糖果，十步杀一人，千里不留行，事了拂衣去，杀人从来不偿命。

# 唯有友谊地久天长

　　十年前，我在江南的一个小城生活，唯一和我有来往的只有女孩 Z。忘了是为什么，某一天两人突然兴之所至，想去看看在上海生活的 E。E 是 Z 的朋友，是从那个小城走出去，嫁到上海的女孩。一早出发，坐了几个小时的高速公路大巴，到达时，正赶上 E 搬新家，有幸参观了 E 当年的新房子，很大，布置得很漂亮，除了书房，还有客房。两个女孩在一边窃窃私语，用家乡话，我基本听不懂。后来 Z 翻译给我听，原来是 E 问 Z 说，你怎么找了个北方人呢，北方人脾气都不好，会打老婆的。Z 呵呵笑着回答说，他是脾气不好的，但还没有打过我。告辞的时候，E 送我们出来，一直送到小巴上，还替我们买了车票。她当年的样子给了我很深刻的印象，端庄，安静，不太爱笑，矜持得体。

五年后，再见 E，她已经离开上海漂到了北京，离了婚。我和 Z 早已失去联系，都说她嫁到了美国。对于旧日朋友，我也无意了解别人更多的个人消息。是偶然在一个酒场中重逢 E，和她说起 Z，说起从前。E 突然说，当年，如果不是因为你，我才不会让 Z 进我们家门呢，当年仅仅是为了想见一见你。一听如此与事实不符的话，我也不知道该说什么了，猜想二人间出了龃龉。印象很深的是 E 肩上刺的蝴蝶文身。E 喝了酒，显得略有些张狂，和记忆中初相识的模样相去甚远。

一晃又是时光飞逝。继续会听到一些 Z 和 E 的消息，准确与否无从判断。想来别人也会听到一些我的消息或者讹传。Z 某年回国，我主动打电话给她，翻出的旧电话号码竟然真的打通了。互相说话都有些结结巴巴。她问候我，你女儿漂亮吗？有两岁了吧？有机会抱来让我看看。我说，那你也让我看看你儿子。为什么？她流露出明显的戒备和不安，说，那就不必了，咱们谁也不看谁的好了。

就是那时候互相留的 MSN。互相挂着，却从来不说话。听说，她又回到了美国。还是听别人说起来才知道的。有段时间，深夜唯一在线的联系人就是她。常会想到卡佛的标题，你在圣弗朗西斯科做什么。终有一天，忍不住主动给了个笑脸。她回复说，我在网上查新闻呢，看关于 E 自杀的消息。我说，没事，不用担心，听说只是未遂。

她说，我知，不过我想了解更多一些，刚刚听说这消息的时候，我震惊得整夜整夜辗转反侧，一直失眠，还做梦梦到了她，还哭了。

我点头感叹，说，还是你们之间的感情深。Z冷冰冰回复我，我对她没感情，更别提深了，和她闹翻好多年，后来一直没再说过话。我说，彼此不说话也是一种感情，除非不认识的人，老朋友怎么会互相不说话呢。说这话时，我隐约想起早年那女孩曾说，爱情转瞬即逝，唯有友谊地久天长。确实，和爱情比起来，友情有时更长久，可以一笑泯恩仇。

辑　四

事情，情事

# 晴　朗

　　是 2004 年 3 月间的旧事了。那天，我一早去找女孩
欣悦。大堂的女保安一直误以为我是这楼里某户的男主人，
看到我就从里面给我开了单元门。事实上，此前，我已经
把钥匙还给了女孩。到了楼上，我摁了三次门铃，房间里
都没反应，于是，我给她发短信，欣悦回短信说，"我在外
面谈事呢，我们的事以后再说好吗?"我想了想，决定给她
打电话。电话没人接。但是，房间里却隐隐响起了女孩手
机的音乐彩铃声。我摁了电话，接着摁门铃。里面依旧没
有响动。

　　我在近乎死寂的楼道抽了支烟。然后站在电梯间的窗
口往楼下看风景。心里想，这事今天一定要办了。大约半

个小时后，女孩的门开了，四目相对，她没有再躲闪，披头散发地站在门边说："你进来吧。"

其实，我也没有什么东西可拿。我在屋里坐了片刻，说，"我走了。"女孩就说："嗯，你走吧。我不是有意不给你开门，我太困了，还没睡醒呢。"我从欣悦的小区离开，带着从她那里拿的一些随身东西，直接开车来到了小朗家。小朗刚刚买了一张新的写字桌，放在窗前，擦得很干净，除了一根上网线，桌面还放了一本她那段时间正在看的书。我把书拿开，把笔记本电脑摆上去。

她左右看看我，说："嗯，以后你就可以在这里上网写字了。"然后，她把我拉进卧室，兴高采烈地告诉我，她连床都买了新的。那天，阳光一直很强烈。从卧室出来，已经是下午了，我在新桌子前坐了一会儿，开始犯困。这时候，小朗收到欣悦的一条短信，小朗问我："欣悦晚上约我吃饭，你一起去吧？"

欣悦和小朗是朋友。此前，小朗一直以为欣悦仅仅是暗自喜欢我。此前，欣悦一直以为我是写剧本去了外地。路上，小朗还无知无识地和我开玩笑："听说欣悦失恋了，要不我把你借给她几天安慰安慰她吧。""不。"我说。"她挺好呀，又年轻，又漂亮。你真的不对她动心吗？"我打开收音机开始听音乐。

她们约在三里屯的"树"。欣悦看到我，没有流露出任何惊讶表情。后来，烟抽完了。两个女孩催促我出门去买。我拖到实在没辙，才以最快的速度把烟买回来。进门的时候，发现两个人头凑得很近地密切交谈。看到我，她们都有些惊讶，这么快？小朗说，不抽点八的，我要抽点三的，快，再去买一包来。整晚的时间，两个人都没有和我说话。整晚的时间，我就是默默地坐在一边，抽烟，想心事。偶尔听她们谈论一些我无法理解也不感兴趣的话题。小朗指着我对欣悦说："我们让他请我们去唱 K 吧？"欣悦说："不了，我想回家了。"后来，还是去了。

　　有一个瞬间，小朗点歌的时候，欣悦哭了。她坐在幽暗的一角，把头转到一边，泪水无声，但是非常汹涌。我靠在沙发上，假装视而不见。可气的是，彼时小朗正一手持麦一手夹烟，高声地唱着王菲，唱得极为投入，极为自得其乐，极为兴高采烈。后来的日子，我和小朗说了我从前的事，小朗非常疑惑："是这样啊？"我说："你没注意到那天欣悦情绪反常吗？唱 K 的时候，她哭得多凶啊。"小朗凝神仔细地回想，叹息了一声，连连摇头："想不起来了，实在是没印象。"

　　好在，我和欣悦在一起的时间并不长。2003 年底的时候，我和她在一起饭局中相识。不久，她因为新专辑发布，去外地做宣传，我送她去机场。两个人沉默了一路，快到的时候，女孩突然说，我挺小的时候好像还看过你写的小说，但是记不太清楚了，回来我们约时间聊聊吧。她回京那天，我去接她，把她送到租住的房子后，我上楼去坐了会儿，喝了杯咖啡，抽了两支烟，然后竟然就此住了下来。直到，后来，遇到小朗。

此前，欣悦曾经提及小朗，说："我有个朋友叫小朗，不过，我不想让你见到她。你见到她，就一定会喜欢上她的。"后来，欣悦去外地，我上线看到她，说："今天我出门，遇到了一个人。"欣悦回复我说："嗯，我已经知道了。她也正在和我谈论你呢。"然后，欣悦飞快地下线了。现在想来，她是将我阻止了。

林夕有一句词曾经把我惊到，是《十年》粤语版《明年今日》的最末一句，说："在有生的瞬间能遇到你，竟花光我所有运气——到今日才发现。"对我来说，遇到小朗就是这种感觉，终生的运气似乎被这一次邂逅消耗光了。

2006年9月，我和小朗分手，离开的时候，我想，以后的日子都可以算作是余生了。

2006年3月，小朗独自出门去旅行。临出门的时候，对我说："我们分手吧。"我说："好。"然后，在小朗去旅行拍片的时候，我认识了另一个女孩，在电台做夜间直播节目。深夜，她给城市里那些失眠的人播他们想听的流行歌。从前，我发短信给她，告诉她我一边听她的节目，一边写字。她说，希望她的声音能够给我灵感。于是我立刻幻想了一个如何杀死夜间电台 DJ 的故事。

闲极无聊，我在深夜等她下班后带她去兜风时，把故事讲给她听。非但没有吓到她，反而听得她咯咯地笑。尖尖的下巴，玩偶一样的大大的招风耳朵。后来，我在黑暗中把双手放在她细长的颈项，轻声问她能不能把她掐死。她竟然在黑暗中灿烂天真地笑，连连点头，说，好啊好啊。

2006 年 2 月间，我和小朗有过一次争吵。是春节期间，我们两个人孤零零地待在家里无处可去。她问我说，你会为我改变一些东西吗？我说，不会。我说，我三十五岁了，如果我可以活七十岁的话，我正好开始在过我的后半生了，我已经到了不会再为任何女人改变自己的年纪。小朗说，那算了，我们还是早点分手好了。我说，好。

那晚，北京的夜空不断有烟花升腾。我坐在书房的窗前，心里想，以后再也不会从这个窗口看到这样的景色了。黑暗的楼群间，突然有烟花绽放。极美，却又极短。

很久以前，我就知道了一件事，我是不可能带给任何人幸福的。这样的结果其实是最好的。当我努力想改变自己的时候，只会伤害她们更深，同时，也虚耗了自己的年华。

2006 年 3 月 20 日，DJ 女孩发短信问我，我们有可能在一起吗？我说，晚上我再回答你吧。当天晚上，小朗从外面归来，我去机场接她，路上，小朗对我说："我已经不生你的气了，我们和好吧。"我盯着前面车的尾灯不说话。

小朗说："我在机场等航班的时候看到小书店有卖你的书呢，我抽了一本翻看，发现角是折的，后来，我把那一页给弄平整了，又把书偷偷放到了最显眼的位置。"我对小朗说，现在别和我说话，我会分心，我会看不清前面的路的。小朗转头去看玻璃窗外面的灯火时，我想，她其实只是一个小孩子，可是我却总是把她当大人来要求。想来想去，觉得一切过错似乎都在自己身上。

第二天早晨，我开机，看到了一条 DJ 女孩昨夜给我的短信。上面说，她给我打过电话，一听是关机她明白了我的答案。她说，当你可能和另外一个女人在一起的时候，我一个人躺在电台宿舍的床上，在看你写的鬼怪小说，非常害怕。我叹了口气，没有再回信。当时，我想，我要一辈子和小朗在一起了。删除短信的时候，我记起，某次，DJ 女孩在黑暗中捧着我的脸时的甜美笑容。

我和小朗一起养过一只小狗。是刚在一起的时候共同去买的。在一起的时候，我每次去找小朗，小朗总是抱着它说："小宝贝，你看谁回来了？"后来，每当要分手的时候，小朗总对我说，她要把狗扔掉，扔在路边去当流浪狗。

2006 年 9 月，我最后一次见小朗。我把钥匙给她放在桌上，走的时候，看到那小狗趴在地上，两只眼睛来回乱转，就像是个做了错事的小孩子在反思错误一样。我出了门，又回来抱它，它依旧安静地趴着，不肯让我抱，眼睛瞪得大大的。到楼下坐进车里，我瘫痪了很长时间，突然想到，对于我和那条小狗来说，互相凝视的那最后一眼，确实有些将生离当死别的意味。此后，每当想起那一幕，我的心脏都会有剧痛感。

想起小朗站在陌生城市的机场书店，把我的书从不显眼位置偷偷放到前排，心脏也同样有剧痛感。事实上，当天她在路上讲给我听的时候，我哭了。但是，就像她没发现欣悦坐在钱柜哭了一样，她也没有发现我泪水流得近乎看不清路了。当时机场路上车有些多，我内心突然变得非常紧张，我死了没事，可是，我得让小朗好好活着。

她一定是我上辈子亏欠过的人，初相识的时候，我很庆幸我遇到了她，能够有机会偿还。结束的时候，我很难过。一场离合，两年时光，非但没有偿还感，仿佛此生亏欠得更多。

# 邂逅一场漫长的情事

　　在家收拾东西，在储物柜里发现了不明影碟。是刻录盘。疑惑了很久，想不起此物所从何来，塞进机器中看了一眼，被吓得魂飞魄散，影像一出，立刻关掉了机器。兀自心惊肉跳了半天，然后飞快地跑到楼下，把碟扔到了弃物箱中。

　　是 2000 年初的一场婚礼。地点好像是在天伦王朝。如果没有记错的话，两个人在婚礼散后还跑到酒店顶层去接吻来着。一切都像是喝大了以后才能做出来的不堪之事。离婚以后，"闹酒"期间相关的一切，女孩都没有带走，除了这张自从刻录之后从来没看过的影碟，还包括一巨册婚纱照，作废的结婚证，一双当时穿的红色的高跟鞋。这些弃物被我保存了三年，然后开始发现一件扔一件，每有所获，必像突然发现隐身暗处的青面鬼魅，触目惊心一番，方才缓缓平静。

于是想起了另一场婚礼。发生在1999年的新春。在那场婚礼中，我和女孩邂逅。那年，我28岁，女孩25岁。女孩是漂亮新娘的朋友。我是德高望重的新郎的朋友。婚礼结束后，一伙人继续又喝了许多酒，直到新娘不支，要求回家。新郎打开租的奔驰车门，把老婆塞进去以后，把女孩也一块塞了进去。女孩问我："你不一块去看看他们的新房吗？"我犹豫了三秒钟，扔下了石康老颓一伙，一头扎进了汽车里。后来我一直追悔，我应该和众人一起去打球才对，最不济回家也好呀，怎么就那么不愿意回家呢，怎么就那么喜欢凑热闹呢，怎么就不能在那三秒钟里选择一次正确答案呢。哪怕多犹豫两秒钟，人家的车也就扔下我绝尘远去了。

是四个人挤在车后座上的。挤的顺序依次是新娘、新郎、她和我。新娘醉得最厉害，她趴在新郎的腿上，脸红扑扑的，一直幸福地傻笑。新郎搂着老婆，一字一顿地对我说："我活到三十二岁了，到了今天，才很自豪地说，我生命中有两件事完成了一件，这件事，就是，我可以对一个我爱的女人说，我能给你幸福。"新娘幸福得立刻晕了，对新郎说："受不了啦，受不了啦，我要吐。"新郎飞快地拿出一个塑料袋，送到了新娘面前，说："别吐人家车上，不合适，吐这儿吧。"一边轻拍新娘后背，欣赏着女孩的呕吐，忙活完了，转回头，接着对我说："还有一件事，哥们儿还有一件事，刚才我是说我生命中有两件事的吗？对，哥们儿这辈子从此也就剩下一件事值得做了，就是写一本书。一本好书。"我点点头，想了半天，觉得还是应该捧一句才对："哥们儿个人觉得，写书倒不算什么，但是，能给一个女人幸福，真是挺牛逼的。"恰好，漂亮的新娘子嘴对着塑料袋吐完了，顺势趴在新郎腿上，一边继续幸福傻笑，一边看着我说："这有什么牛逼的呀？牛逼吗？""牛逼。"我郑重点头，然后把手搭在了另一女孩肩上。我记得当时车内狭窄逼仄的空间有一种桑拿的氛围，他们的脸在我眼前晃动，缭绕着某种湿漉漉的虚幻。

酒精的作用，让我的手也开始不知所措，先是放在女孩肩上，继而是腰间，有一度似乎又握住了对方的手。对方一直相当配合。后来，她对我说，我握住她手的时候，她特别有安全感。我说，看人家那么幸福，我们如果不亲密一点的话就太不配合了。她点点头，说："是。也就因为这个，我才一直没甩开你的手。"

2005年1月，我在昆明。当时刚下飞机，和两个同行的女孩打车去市中心找酒店。车堵在路上的时候，车窗外有个穿一身洁白婚纱的女孩站在酒店前的路边，一边狂打手机，一手不停地流泪。我们三人趴在窗玻璃前认真地看了一会儿那个女孩，某某对我说："肯定是新郎落跑了，要不你下车毛遂自荐吧，就在昆明长住，生活下来挺好的。"某某某则说："我们以后可以每年冬天都来昆明看你。"说句实话，当那两个单身女人趴在出租车里幸灾乐祸的时候，我有些同情那个女孩子，虽然，从理智的角度去想，爽约的新郎做得也许是对的。

回到1999年。那一年，我好像随处都能遇到脆弱的女孩，动辄哭得昏天黑地。此后，好久都没遇到过比自己更倒霉的人了。这是我对昆明的那个瞬间记忆深刻的原因之一。

1999年5月，我去青岛。一个女孩在火车站的公用电话亭打电话，一边疯狂追问："我做错了什么？"一边哇哇大哭。如此嘈杂的车站广场被她的哭声给震得缓缓安静下来，纷纷驻足对其侧目。1999年7月，深夜，我在楼下路边坐着抽烟，看一个男孩和女孩站在路边吵架。女孩开始哭的时候，男孩骑车走了。女孩哭了大约半个小时才发现身边的人不见了，然后茫然地街道四处转悠了几圈，走到我身边，问："看到刚才和我吵架的人去哪了吗？"我摇摇头，女孩于是在我身边的马路牙子上也坐下，埋头继续无声狂流泪。我抽了一支烟，想了半天，觉得还是不掺和别人的事好，于是站起身回家。

1999 年 11 月，我和她一起去东单妇产医院婚前体检。对，当时还有婚前体检，后来听说被新婚姻法给取消了。被几个大夫分别玩弄了一通身体后，当天十来对即将领证的男女被领到了医院的一个小放映厅一起观看毛片。教我们如何清洗，如何戴套，如何预防性病，各类性病晚期的症状，诸如此类。那些像盛开的鲜花一样灿烂的性病溃烂图片吓得我差点阳痿。当时，有一个小圆脸的女孩的男友未能通过体检，男人已经走了，女孩不依不饶地站在放映室门口央求大夫高抬贵手给一张体检合格证。大夫面无表情摇头。女孩说："我无所谓，我愿意嫁给他呀！"大夫说："那不成呀！这不是你愿意不愿意的事。他这种情况根本不能结婚。"女孩说："这怎么就不是我愿意不愿意的事呀？这就是我愿意不愿意的事呀？我愿意，我不在乎他有病。也不在乎他把病传染给我。"大夫终于震怒了，厉声呵斥道："傻逼，你愿意？你妈愿意吗？你爸愿意吗？将来你们的孩子愿意吗？你去问问他们，他们愿意我就给你发合格证。傻逼。"小圆脸女孩彻底崩溃，哭声和惨状就不描述了吧。反正我们离开的时候，她依旧和大夫在纠缠着。从医院出来，好长时间我们都心情沉重郁闷。在出租车上，她问我："你说大夫最后会不会因为可怜她给她发证？"我说："谁知道呢，估计不会。"弄得她还挺难过，说："那你说她以后怎么办呢？"我说："谁知道呢，也许过一段时间他男友病会好的，也许过一段又会找到新的男友。"她靠在我肩上说，跟他们比起来，咱们还算是幸福的。

回到 1999 年放老婚礼的当天。放老给我介绍了一番他的藏书后，把女孩和我逐出家门。我到路边拦了一辆出租车，打车回家。她也拦了一辆出租车，打车爱去哪去哪。到家以后才想起来，互相也没留电话，没留就没留吧。估计当时耗到晚上我会给狗子或张弛打电话去喝酒。如此，天下太平，万事大吉。不过，这都是我现在的虚构，南辕北辙的事实是，我和她没有各自打车各回各家，下楼以后，她说她不想早回家，于是，我们打车去了东单体育馆。石康老颓等人在那里打球，我们投奔他们去蹭了晚饭。

# 错　爱

　　很多年以后，我在长虹桥北岸夜色迷离的灯火深处重逢德高望重的放老。放老神采依旧，在一张巨大的餐桌边，他手持一支同样巨大的 COHIBA 雪茄，眼神诡异轻声细语地对我微笑说："听说你离了。可是，我没离。我，是那种把婚姻当作宗教的人。"在艺术家们酒后的喧嚣中，我身不由己地回想起了 1999 年。很多年以前，放老坐在一辆奔驰车的后座上，面色红润，笑容可掬地望着我，说："我可以给一个女人幸福。我很骄傲。"这就是放老的咒语。他的眼神是具有种神秘的蛊惑性力量的。

　　当时，夹在放老和我中间的是一个女孩。那个女孩笑起来很甜，身体小巧玲珑，性格时而开朗，时而忧郁，常

么都是假的，如果感情再是假的那活着还有什么意思呀，你想想？""你想想"是她的口头语。她说"你想想"的时候，我还就真想了想，觉得甚有道理。继而，她又说："可是，我想来想去，感觉还是只有钱才是真的。你想想，男朋友会换，老公会离，朋友说翻脸就翻脸，只有钱才会最心疼我们自己，钱才是我们唯一知己。现在这世道，变来变去的，什么都在变。只有钱会给我们一种安全感。钱才是我们唯一的亲密爱人，钱才是我们唯一的知心朋友。"我打住她的车轱辘话，问她："你现在月收入多少呀？"她想了想，边想边数手指头："六位数吧。"我盯着天花板发了会儿呆，问她："这六位数到底是十万还是九十九万九千九百九呀？""那我哪能告你呀？"她白我一眼，"那是我的隐私。"她说："我打算买一幢别墅，带个小院，那样，你再来找我，晚上我们可以在微风中坐在藤椅上抬头看星星。"

我送她到楼下，看着她的车嗖地远去后，一个人慢慢走回家。坐在电视前，看李霞主持的"天籁村"。时间大约是午夜一点钟。那晚，最后一首是齐秦翻唱的"世纪情歌"《月亮代表我的心》。黑白画面，歌手坐在镜头前，唱得很平淡，微带感伤，就像他身上的那件纯棉白衬衣。关掉电视，我在屋里走来走去。想象以后一个人的生活，然后无限伤感。

我想到我将独自度过漫漫的一生，没有温暖，没有爱情，没有晴朗的心情，于是内心荒凉得像一座午夜死寂的空城。放老的咒语果然起作用了。在那一年，放老果然是施咒放蛊的高手。凭什么别人都可以骄傲地活着呢。在那一年，我想，我们的生命总归是要给别人的。这是"牺牲"和"死掉"的区别。这样，活着或许才会稍许有些意义。

于是，我决定把在白驼山的旧房子重装。当时，旧房子被我弄得灰暗、凌乱不说，墙上还常有成群结队的蚂蚁出没巡游，还有蟑螂，还有壁虎，还有耗子，估计还有女鬼，只是没有现身。重装旧居前，我常常深夜独自翻检家中七零八碎的旧物，不经意间找出了许多我小时候怎么也找不着的玩具，久已被忘却的少年时代的日记本。一边收拾，一边心情黯然，仿佛要出嫁的人是我。

秋天的时候，我和她搬到机场路附近的郊外，在一个朋友新买的空房子里借居。房子的空间相当大，除了卧室内的一张大床，没有任何家具。那样的环境，白天会感觉寂寞，夜晚简直是阴森。连电视也没的看，除了不停地做爱，几乎找不到打发时光的办法。

住在远郊，对我倒也无所谓，毕竟不用上班。女孩就辛苦了，每天早晨坐小公汽进城，晚上坐小公汽回来。小区里的居民大多有车，像她这样每天走很远到路边等公车的着实不多。经常感觉，在蒙蒙亮的黎明，她是孤零零地站在郊外宽阔的公路边。黄昏的时候，我每天都会到路边等她，一边抽烟一边看着一辆辆小公汽在空旷的郊区公路上驶过，每有车停下来，就做好跑过去迎接的准备。

头顶上常常有飞机飞向远方，抬头时，看得清清楚楚，像玩具模型一般，缓慢地在天空爬动着。每天从公路边背她回临时居所，每天背她上楼。嗯。她腿脚挺好的，虽然身材不算高，双腿还是纤细挺拔的。只是，喜欢撒娇而已。女孩是那种很恋旧的人。离开朋友那空荡阴森的大房子以后，隔了数月偶然回去，女孩在屋子里转了两圈，坐到沙发上抽烟时，不知想到了什么，突然眼圈就红了。想来，她是想起了我们在那里一起住过的日子。

离开机场路的房子，我和她的婚礼从时间上说，已然迫在眉睫。我的婚礼距离放老的婚礼是整整一年以后。人家在1999。当然是天长地久。我在2000。有首歌叫《我去2000》，听着就颇有科幻意味。

虽然2000已为过去，可在心理时间上，我依旧认定那是未来。小时候，课本上说，在2000年，我们将实现"四个现代化"。七八岁的年纪，人家反复地讲，我反复地听，结果给我留下了很深的心理阴影，做梦都认定，2000是永远也不会抵达的猴年马月。

# 解　脱

　　说白了吧，这个实录性质的个人情史是写给女孩某某看的。女孩今年十七岁了。目前休学在家，无所事事。遇到我以后，她一直哄骗我，说我是好人，是小红帽般的好孩子，同时，又拼命把她自己打扮成是坏人，大灰狼一类的人物。

　　有一天，她问我，说：你看过陀思妥耶夫斯基的书吗？我点头，说："你还没出生的时候我就看过了。"她说："我从前家里也有一本他的书，暗绿色封面，摆在书架上，安详、纯净、端庄，感觉就像一潭幽静的湖水，可是，这只是表象，有一年假期，我打开看，被他吓坏了，里面全是肮脏和淫乱的事情。看得我差点崩溃。"

我说，我就是这样的一本书。女孩急了，说，我给你说这件事，就是要告诉你，我才是那样的一本书呢。看上去安静，其实打开你就会知道，我会把你吓坏的。我对着电脑屏幕几乎笑出了声。当我的自述写完的时候，我想我早晚会吓到这个女孩子。有多少就写多少吧，有什么就写什么吧。没有的也不许编。假装坏人是你们这类好孩子的通病。嗯。我记下了。现在，我继续我的回忆。

　　2002年夏天。韩日世界杯过后，我有些空虚。混乱诡异的判罚制度和赛事之后的虚无感是导致某人一场婚姻突然决定终止的内在原因。到了秋天，我和女孩开始内部分居。女孩此前已经购买了新的房子。是期房，要等到冬天才能拿到钥匙。

　　晚上，我坐在书房台灯下冥想，每有所得，就到女孩的房间里试图有所表达。两年平淡婚姻生活的记忆全部不翼而飞，汹涌而来的，是从前美好的恋爱时光。我走到女孩的房间，说："认识你，我很后悔。"坐在书桌前的女孩转过头，说："咱俩人，谁不后悔谁就是王八蛋。"有时候，女孩也会过来找我，她说："我有些担心，你太单纯了，又没什么社会经验，你会被那些小女孩骗的。"我说："我被你骗得还不够惨吗？以后，再也不会更有甚者了。"女孩说："离了以后，你会不会后悔？我们真的要离吗？以后，你后悔了怎么办？"我说："咱俩人，谁后悔谁就是王八蛋。"死纲死口。路就是这么让堵神堵得死死的。之前的事，谁不后悔谁是王八蛋。之后的事，谁后悔谁就是王八蛋。或许这就是婚姻就是堕落的奥义所在。左右里外都是王八蛋。

内部分居的日子，我几乎很少在家。偶尔去酒店开房间，有时候住在朋友的家里。大部分是新认识的网友。醒来时，常常忘记身边熟睡的异性身体是谁。从前的老朋友因为久不联系，有种遥不可及的隔世感。好几次拿起电话，拨到最后一个号了，对着手机，静默许久，又把号码删除了。唱K的时候，酷爱唱《大海》。后来被一个网友女孩发现了情结所在。你为什么总唱这歌呀？要不然你别住我这儿了，你还是回家和你那位和好算了。

《大海》那首歌还是从前我和老弛玩的时候，无数次在K歌房里听他唱才学会的。印象中，放老婚礼上，老弛还唱了一遍呢。我宗的就是他这一版的范儿。因为我和张弛在某所共同的学校上过学，算是学友，被他称为《大海》张学友版。很多年以后，我听到张雨生的原版，羞愧地发现我唱的调竟然完全不对。听我唱过这首歌的人实在是太多了。我说他们为什么要深情地看我呢。

1999年5月，正是我和女孩热恋的时期。那时候，我在青岛。每天通两次电话，对方不在家，必然六神无主，然后拨手机，无人接听，基本抓狂。直到女孩从卫生间沐浴出来。住到崂山的时候，小旅社没有座机打长途，手机也失去了信号。晚上十点，还准时停电。天地间一派漆黑。旅店在崂山下，夜晚，海浪汹涌的声音大得吓人。听说，那是因为岸边陡峭的山壁拢音的缘故。停电以后，我坐在岸边拿着失去功效的手机，想起了张学友版的《大海》。抓狂到了那种程度。在崂山顶峰的道观，一伙人向道士问前程凶吉。个个前程似锦，只到我的时候，小道士把头摇得跟拨浪鼓似的。问姻缘？问姻缘？不能说，不能说。恕你无罪，说。下下。去你大爷的。自称已然四百岁的小道士站起身，扶正道冠，轻声说，恕贫道无礼了，你他妈少给一个子就甭想下山。

1999年11月。四川，青城山。依旧是道观中。我再次求签，依旧是下下。和我同行的女作家某某也同样求到了下下，沮丧得差点哭了。之所以用某某指代，是当时我答应了林白，这事要替她保密。回来以后，王朔安慰我，说："你怎么能信那些不三不四的小神小仙的话呀，告诉你吧哥哥我才是真神呢。你就听我的，没错。你行。你肯定行。想干吗就干别心虚，我还不信有天谴这回事了，想拿雷劈我，他们的道行还差着级别呢。"

我信心爆棚，在婚姻中那两年，以大无畏的姿态，基本上遇佛不跪。2002年冬天以后，才重新在神佛面前低调，逢庙必进，毕恭毕敬，手持高香，三拜九叩。佛问，有何求，我说，无所求。佛都惊了，怎么这厮突然端得有礼了？

Sorry，最后一句话不是佛说的，是旁边一个写小说的哥们儿看我跪得如许虔诚，忍不住发出的质疑声。

2002年秋天。内部分居的日子，我常常被女孩吓到。或许是因为工作关系，每天看鬼片的缘故。有时候，我在厨房炒菜，或许是女孩有话想找我说，走到门口时又犹豫了，所以久久地站在那里。可是从我站的灶台角度望去，看不到女孩，只能看到她因灯光投射到墙壁上的影子，长发披肩，良久伫立。我盯着那影子，由伤感直至惊惧。

早晨，在盥洗池边洗脸，猛一抬头，披肩长发女子骇然映入我视网膜余光中，是她，面无表情地站在身边，痴痴地盯着我。反应过来之前的一刻，我被惊得几近魂飞魄散。女孩说："对不起，我是等你洗完我洗呢。"卧槽。言语一声呀。

我说，我喜欢的女孩子都是那种又瘦又高的，小胸，短发，都是我2002年冬天以后的趣味。此前，事实上，我一直是喜欢长发，大胸的。如瀑布如海藻一般的长发，长及腰间。曾让我如此依恋。竟终至不敢直面相看。

2002年冬天，我和女孩高高兴兴地从法院出来，女孩还高高兴兴请我吃了一顿饭。饭后，我目送她打车回新居。步行回家后，关上门，一个人躲在家里看鬼片，内心颇有某种说不出的安全感和解脱感。想来，内部分居的日子，女孩也和我一样怀有不安全感。推己及人，理论上应该是这样。最后一顿饭，结账的时候，我说，我来吧。女孩说，不不不，我请，我请你。解脱婚姻羁绊，她脸上似乎又焕发出某种从前的光彩。说实话，我喜欢看到别人高兴。别人高兴，我也高兴。大家都高兴。

# 插　曲

　　2006 年的世界杯。我和小朗看了一场球赛。那是小朗第一次看足球，恰恰就赶上了黄健翔。小朗说，我要陪你看一场球，要不，你心里会责怪我冷落你了。我倒也不太所谓。那些日子，我也习惯了不声不响地躲在她个人世界的角落。小黄的解说出人意料地带给了小朗无限快乐。他们都是这样解说的啊？我说，不是的，只有这个人才这样有个性。然后，小朗就回到电脑前去做她的设计图了。我在等下一场的时候，躺在沙发上想，我就是一个人在战斗。我就是一个人在战斗。

　　每一个世界杯年我都很感慨。1982 年西班牙，是我的第一次。那时候我上小学。1986 年墨西哥，我上中学。最好的个人成绩是校队的替补。在中学生联赛时，我们学校以一比八的比分输给北师大附中时，我替补上场，攻入我方唯一一球。这事折磨了我好些年，一直幻想，要是我们的后防没丢那八个球，我的那脚凌空将是多么有意义和价值。可事实却是，无论你做得多漂亮，那终究是没有任何意义和价值的努力。

1990年意大利世界杯的时候，我在南京上学，那时候人生努力的方向是将来到美国留学，去现场看1994年的美国世界杯。1994年，我是在北京看的球。美国领事馆三次拒签了我，让我彻底告别了踏上新大陆的任何可能。

1998年法国。我记得最清晰的细节是，半夜，我带一个瘦瘦小小的狐狸脸女孩去狗子家看球。那场是克罗地亚对法国。比赛还没开始的时候，狗子和那个女孩玩棒子老虎鸡，很快两人就一起大了，他看看女孩，看看我，说，你们看吧，我去那屋睡了。一会儿又晃回来，说，你们要是困了，一人睡沙发，一人睡床。女孩差点没笑到肚子疼，她不解地问我，为什么他非要咱俩分开睡呀？我说，我也不知道，人家关心你呗。我力挺的克罗地亚队一球领先以后，我放松下来，然后和女孩一起上床，完事后，沮丧地发现，在我热火朝天全力以赴的时候，我唾弃的法国把比分反超了。女孩学校毕业后去了美国。那时候，我绝没想到我会结婚。但是，2002年的时候，我已经在准备离婚了。

说一下那个女孩的事。2000 年欧洲杯的前后，她从美国给我打电话，是我前妻接的。我前妻说，你好，你是谁？有事就跟我说吧，我是他表妹，任何事都会转达给他的。后来，女孩说，我一听就知道你结婚了，她也不好好想想，我都知道你们家电话，怎么会不知道你根本没有表妹这种事呢。我说，我不知道你给我打过电话，那个人没有跟我说起过。女孩说，我刚到那里的时候，是住在远房亲戚家，打电话不方便，功课又紧，又需要帮人家照顾房子。玩命打工攒了一年钱，独自租房的第一件事就是给你打电话，崩溃的是，接电话的却是你老婆。我放下电话就哭了。我记得你从前一直说你独身主义的是吧？我惭愧地点头。女孩笑道：我在那边举目无亲，无依无靠的时候，你却高高兴兴地结婚过起了幸福日子，想不到想不到。

　　喂，你在那边有亲戚。远房亲戚也是亲戚。女孩摇摇头，说，无论如何我想起来还是感谢你的，如果没有给你打电话的这个目标，我或许还不会那么快就搬出去单住呢。那家人把我像菲佣一样地支使，差点没把我逼疯。我关上房门就想，我攒够了钱就搬出去，然后就可以给你打电话告诉你，我在这边过得很好啦。女孩的笑容依旧甜美。最初认识她的时候，就是被她的笑打动了。似乎永远在笑着。无比天真的笑容。

　　晚上，我在黑暗中想，我喜欢这样乐观坚强的女孩。

女孩马上驳斥我，说，不骗你，我刚到美国的头两年，每天都哭。每天都要哭完了才睡。至少那天晚上，流泪的是我，不是她。如果说我前世欠小朗的，那，这个女孩子则前世一定是欠过我的。冥冥中，她这辈子就是来被我捉弄报复的。

那年她回国探亲，事实上，在国外，她已经结婚嫁人了。据她的描述，那鬼佬还算是中产阶级。被迫告诉我这与我本不相关的这一切，是我们重逢的那一夜，我给她惹了个麻烦。在即将回国前，她通过测纸发现，她怀孕了。立刻眼前就是一黑。然后给我打电话，特别小心翼翼地，特别怕把我惊到般地细声说："我有麻烦了。不过，在说给你听之前，我想要你知道，我不是想讹你，无论如何这件事我是要自己负责的，我是要自己处理的，只是，我对国内的情况不熟悉，事情又不可能让家里人知道，所以，我给你打电话，仅仅是想让你帮我想想处理的办法。"

"嗯。"

"天呐，我竟然怀孕了。"

"啊？"

"麻烦的是，路易斯安娜州是不允许堕胎的。"

"哦。"

"你听懂了吗？我过几天就要回那边了。"

"嗯。"

女孩长长叹息一声："我的婚姻我非常满意，你懂吗？"

"懂。"

女孩继续长长叹息："如果我老公是华人，这事还有缓，可是，太不幸了，我老公不是华人，我没有一点蒙混过关的可能。"

"等等，等等，你不会是想把孩子生下来吧？"

"当然不。可是你没听懂我说的吗？在我们那里，不允许堕胎的。完了完了，我想我是死定了。"

"哦。咳。可是，在国内做早孕手术简直是太 EASY 了。EASY 到易如反掌。"

"是吗？"

"是。你只需要推迟一段回去就好了。"

当晚，我们约在 24 小时的马兰拉面。她小脸被吓得苍白，特别无助地望着我。她跑去给我买了面，听说我还吃烤串，立刻又去排队买。拿了票回来，继续小脸苍白地坐在我对面无助地看着我。面和烤串好了，她站起身从柜台帮我端了回来。然后，依旧可怜地楚楚动人地望着我。

"你还想喝点什么吗？"

我略一沉吟，说："啤酒吧。"

女孩二话不说，站起身走向柜台。我看着她削瘦纤细的背影，内心情感颇为复杂。在国外，她唯一的业余爱好是打网球。所以，她的腿和腰都纤细而紧绷，尤其是腹部的肌肉，在我身上用力的时候，是那种可以真真切切数出八片瓦的那种。那八片瓦一直是她身上无限令我着迷的地方。

唉，这个可怜的孩子。我们去开酒店。早晨，她要回家，推我，死活推不醒。我迷迷糊糊冲她挥手，说："你甭管我了，你先走吧。"她站起身，走到穿衣镜前，上下左右地看自己。然后又折了回来，说："你和我一起离开好不好？""你先走吧。甭管我了。"我倒头继续睡。她忧郁地坐在床边，最后实在忍不住了，才小声说："酒店的服务员会把我当成妓女的吧？"

我醒了。啊？哦。也是。又一想，安慰她说："咳，当就当呗，反正他们不认识你，你也不认识他们。"然后蒙上被子继续睡去。记得睡着前偷眼看她，发现她调整呼吸，无比端庄地在室内走了两步，打开门，猫腰像妓女一样溜出了房间。

女孩临回国的前一晚，我给她打电话，说了很长时间的话，有五六个小时之久。女孩为难地几乎哭了。她说："你太能说了，太能说了，再这样说下去，我会回不去了，我现在都不想回去了。"她委屈地带着哭腔说："你你你，全是甜言蜜语，全是甜言蜜语。求你不要再说了。再说我可真要哭了。"

那天早晨，我想了想，决定还是应该去送送她。那时候，我刚刚拿到驾照没多久，听驾校的师傅说，我这种情况不能上高速的。我犹豫了一下，决定还是闯一闯，试试运气。我等在她家楼下的远处。远远地看着她爸爸帮她提着行李下楼。两个人都坐进车里时，我开始打火。打了两次竟然没打着。那时候，她坐的车已经开出了小区院门。那一刻，我比较绝望，感觉好像要被她的车甩掉了。

好在上三环的时候，那辆车被堵住了一会儿，让我及时发现。高速以后，我就比较有自信了。新手的通病在我身上暴露无遗，觉得自己非但不比老手差，甚至技术更有过之。超车到她前面时，我从反面镜中看她。并排时，我一边抽烟，一边微笑。现在回想起来，那天的阳光也真是好。就是那么温暖。跟到车后面的时候，我发现她似乎松了口气，正在通过反光镜寻找着我的踪影。

在机场大厅。女孩看到我，把我拉到一边，然后扑上来用两手掐住了我的脖子，一边猛烈地摇晃，一边说："你也太嚣张了，要不是我拼命吸引我爸的注意力，你就被他发现了。"后来，女孩笑说："哼哼，下回回国我不会再给你打电话了。我让你吓死了。我让你害死了。"

事实上，她后来回北京，用旧号码给我打电话，我没有再接。那时候，我和小朗在一起。我和小朗在一起的日子，几乎不接任何人的电话。半个月的时间里，电话断续响过几次后，她终于在我的生活中彻底消失，悄无声息地隐遁进了回忆深处。

# 脆　弱

　　有一部旧电影，叫《日落大道》。导演是老色鬼比利·怀尔德。讲一个走投无路的好莱坞编剧，因某种机缘，误闯入一位过气的默片时代女明星的生活中，遂被那女人包养。妖孽般阴阳怪气的一个女人。如何形容那女怪物的生活呢，大约就像穿了一冬直到春色渐暖时身上的厚重棉衣。后来，编剧男又认识一个年轻漂亮的女孩，两人相约趁月黑风朗远走高飞。临行时，谁知编剧男却犹豫了，他约那年轻女孩到丑怪女明星家中，指着那妖女子说，他已经和这老妖婆签订了魔鬼契约，他的生命将永远是她的。他没有资格再重新开始那么美好的新生活，他甘愿和这老妖一同腐烂。年轻女孩伤心片刻，在夜色中黯然独自远行。

影碟我看了大约十几遍。每看，都有某种深刻的绝望感袭上内心。想哭都哭不出的绝望。

能够让我哭的片子是另一部。在 2002 年底的冬天，夜半时独自看德尼罗演的《午夜狂奔》。突然崩溃，泪水长流。故事相当俗套。无非是德尼罗被警方和黑道同时追杀，同样是走投无路，突然想起前妻，于是厚着脸皮去借二百美元的跑路费。被前妻百般回拒一通数落，忍到最后，前妻决定只借给他二十美元。女人上楼取钱时，呆立客厅的德尼罗蓦然感觉有目光在注视自己。是他的被判给了前妻的女儿。场面颇尴尬。两人对视片刻，寥寥几句无从说起的寒暄。你多大了。嗯。他们对你还好吧。拿了钱，德尼罗匆匆离开，上车时，女孩却突然追了出来，爸爸，我这里有钱。男人看着女孩手中的钱许久，疑惑地说，你哪来这么多钱？嗯？……是我平日积攒的，反正也没处花……我怎么能要你的钱呢……女孩把钱硬塞入男人手中，掉头跑回家中。因为想起了一些自己的事，看到这里，我关掉影碟，开始哇哇大哭。人像淋浴喷头似的往外滋水。

婚姻后的第三个月，女孩堕过一次胎。之所以没有要，是推算后得出结论，那激情四溢的一夜，恰恰是在我酒后大醉时。后来我还看了被打掉的那小东西，放在容器中，像粉红色的小耗子。此事平日绝不敢轻易回想，一想必会脆弱得像件被摆放在繁华路边的玻璃鱼缸。那年冬天，外面下雪，夜又深，独自看碟，有种迎面而来、静等毙命的撞车感。明明是打打杀杀动作片，拍如此煽情场景？还用父女关系来煽，这不是要人命吗？明知道这事儿一般人最脆弱。细。用某上海女子的话说，你要死了啊你。

少年时，我看刘索拉的小说，有个情节，说某位摇滚乐队吉他手最希望有人能给他生个女儿，然后，甩掉女儿她妈，带着女儿一路卖唱浪迹天涯。

2000 年，我和她连女儿的名字都起好了。结果被女儿拒签。护照终至作废。

2005 年，再一次为女儿起好了名字。不提也罢。自然还是拒签。然后，过期作废。以小朗的个性，那个漂亮的名字或许依旧会被她将来的女儿使用，只是，姓氏必将不同。

离婚后的头几个月，人突然变得很脆弱，每天在家看影碟，全部是施瓦辛格和史泰龙这类肌肉男人拼命杀人的片子。《阿郎的故事》《克莱默夫妇》一类的故事，全部被我视为禁片。没想到还是遭遇《午夜狂奔》这样的东西。明知是商业片噱头，依旧中招。

一直希望自己能有个漂亮聪明的女儿这种愿望，是后来我和我的某位初中女同学重逢并且短暂相处的机缘。在2003 年的秋天，那个女同学独自带个九岁的女儿在这世界上生活。

这事还是以后再说吧。还是倒回来说《日落大道》吧。这部旧电影带给我的绝望感。

　　我知道你们必将鄙视我。我也确实是值得你们鄙视的。甚至我欢迎你们唾弃我。一切就是如此理直气壮地应该被唾弃。在某年某月认识那女孩时，我一直是靠女人生活的。而那女孩，其实也是靠男人生活的。就是这样。这是我的悲哀。或者说，这是我和她共同的悲哀。在那一年，我和她有某种同是天涯沦落人的同怀戚戚感。这事也同样以后再说吧。太残酷，都太残酷了。说出真相的后果往往就是这样。我们相遇，彼此挣扎出了灵魂的沼泽，旋即跌入的却是现实的泥潭。

　　直至认识小朗以后，我再次沦为某年某月之前我的那种生活状态。这一次沦落得更为彻底。既然有人连那时候我住的小区名字都知道了我也不吞吞吐吐了。那家小区，年轻漂亮的女孩大多是二奶，小区里停的车从奥迪 A4、MINI Cooper 到奇瑞 QQ 不等。人家是二奶，我是二流子。每天上网和二奶们聊天，下楼还是和二奶们聊天。串门是和二奶们打麻将。掉到怨妇堆里，终于将自己也变成了怨妇。和她们一起去唱 K，我唱黎明的老歌《今夜你会不会来》，黑暗中，她们各怀心事，立刻唏嘘一片。春节期间，小区里死寂无声，我站在高楼窗口，远观天夜盛开的烟花，听到的却是我们小区怨妇们无声的凄凉灵魂抽泣。

初识小朗的日子。某夜，她从我家离开，我送她到楼下，注视她驾车驶出去，突然又停下，然后慢慢倒了回来，摇下玻璃看我一眼，仿佛下了很大决心般的，第二次挂挡离开。

我在街边的路灯下站了很久。五分钟后，收到她短信。她说："你站在街边，脸上有某种孩子般的寂寞，身上有沦落潦倒的气息。我很心疼，你让我不忍离去。"从时间上判断，她一定停靠在黑暗中不远的某处。

2006年春天。我和小朗吵架。我把自己的东西收拾好，决定离开。她埋头收拾冰箱，把冰柜的保鲜盒拿出来除冰，对我理也不理。我走喽？她跪在地上，把头放到冰箱底层。我叹息一声，背上电脑包，转身离开。几天后，小朗打来电话。

她说："你在干吗?"

我说："我在写字。"

她说："可耻。"

我说："你又想我了是吗?"

她说："我是不会想你的，但我要看看你在干什么。你把我阻止了然后和其他的女孩子聊得火热吧? 搞不好连床都上过了。"

我说："我不上线，不看电视，不玩游戏，不打麻将，我每天都在写字。我每天都要写一万字。我的字不值钱，可足够让我生活了。"

小朗说："那我呢？你打算把我怎么办？我还没有吃饭呢，我想你做的菜了。"

我说："小朗，以后我要做自强不息的男人了，我没时间照顾你了。我要做我自己的事。不能再像从前一样了，你说去旅行，我就陪你去旅行，你说饿了我就做饭，你说去逛街，我就……当你工作的时候，我无所事事六神无主地在家等着你。然后，还被你和你的朋友们嘲笑，被你们看不起。我只是陪你上床的司机和跟班。"

小朗大声说："你别说了，回来吧，我可以养活你，你不要再抱怨了。你什么事都不用做，一辈子你也可以活得很好，有一天你真想离开的时候，我还会给你钱。反正我就是这样可耻的女人了，健身中心里人家女孩子都天经地义地花的是男人的钱，只有我可耻地花自己的钱，我也不在乎更可耻地养着你了。我给你买食物，给你买衣服，给你买新车，给你买新房子。你什么事都不用做了。"

我说："小朗你疯了，你在侮辱我。"

小朗说："难道不是吗，没有我你早就饿死了。"

我说："我不会的。我只是想让你知道，我不会饿死的。没有你，我只会活得更好，我会活得更像我自己。我厌恶福楼，我喜欢小饭馆和大排档。"

我泪如雨下，心如刀割。放下电话，我走到厨房，打开冰箱，撤出冷冻柜，跪到地上，把脑袋放到冰箱寒冷的深处。我心如刀割。我泪如雨下。

25岁之前，我一直认定自己是不世出的天才。认识25岁的小朗以后我才知道，她才是真正不世出的天才儿童。

在《日落大道》中，编剧男指着过气女明星，对那个年轻美貌纯真的女孩说："我和这个女人已经签过了魔鬼契约，我是她的人，很抱歉，我不能和你一起远走高飞寻找幸福了。你自己走吧。"

2004年初冬。小朗去上海。那些日子，我在酒店中每日枯坐，偶尔到窗口看看南方天空的云朵，立刻回到酒店电视前，前后错乱地看苏有朋高圆圆版的《倚天屠龙记》。河南卫视演完当天光明顶的段落，贵州开始演坐忘峰的段落。不同的台，在不同的时段，播映着一个老旧故事的不同情节。

如此烂的电视剧，因为寂寞，竟然被我看得津津有味，欲罢不能。偶有动人段落，立刻眼眶一热。关掉电视以后，才从白痴状态回到现实，想，他们何苦如此辗转纠缠？不知不觉中，还学会了主题歌。

——无情的人笑我痴，我笑无情人懵懂。

——伤她心，我是万万不能，我愿意，在她手掌之中。

杨逍一声长啸，震得满山萧瑟树叶纷纷飘落。

# 辗　转

　　一幢上世纪五十年代的灰砖老楼。墙壁上挂满枯死的
爬山虎藤叶。楼前有一面很小的湖。那座楼是我的白驼山。
2005年的春天和秋天。黄昏时，我坐在工体路的时装小店
前的路边，看着眼前堵塞的车龙，想，现在的我生活在坐
忘峰，有一天，我会重回白驼山。那段日子，心情就是这样，
反复在隐遁终老还是重赴酒局的思虑中流离辗转。

　　因为常常处于等待的状态，所以，手里常常拿着一本
巨厚的书。那是我消磨时间的方式。《世界是意志和表象》
《存在与时间》《李白全集》《中国传统相声大全》。女孩摇
头叹息，妈的，书呆子。别坐在路边看了，找个咖啡店等
我吧。

站在四环边，三十层楼的落地玻璃窗前，我合上书，看夜色中的城市灯火。小区里全是外形漂亮的巨型狗。牵狗的全是年轻漂亮的寂寞女孩。据我的观察，遛狗、在物业边的青鸟健身、会男友，是她们的全部生活。一个下雪的日子，我被一只突然发狂的阿拉斯加雪橇追了十分钟之久，后来跑到保安身后躲着，不负责任的保安非但不保护我，竟然跟着我一块跑。跑得比我还快。女孩牵回狗的时候对我说，你不跑它是不会追你的。在 2005 年，那座高楼是我个人的坐忘峰。站在那里，我会想，我已经很久没有回白驼山了。

东方新天地的桃花岛。宵云路的鹿港小镇。出云料理店。回到北京，日子立刻如此寂寞和容易沮丧。

在 2006 年世界杯过后，我被小黄灵魂附体，情绪容易突然失控。再等我一会儿，我再试最后两件衣服。我掉头离开。满腹怨气，从东方新天地直奔家乐福。国航的女孩短信我，发给我一个储物柜的密码。我打开存物箱，里面是一张字条。

"城市假日酒店。709 房。今晚。七点。明天我飞，过期不候。"

我坐在家乐福门口的长椅上抽了三支烟，打开字条，感觉自己像是走了古龙的小说。某时，某地，一人，一刀，生死约。我没有赴约。情绪平静下来以后，回到东方新天地，挨家店去找。那人竟然还在试衣服中。我说，对不起，我错了，我情绪不好。她说，没事，去看书等我吧，我很快就好了。我想，她完全没有意识到，我拒绝了那么大的一个诱惑。我们就像是挂在 MSN 上的两个陌生人，共同生活在某处房间的两个角落。知道对方存在，于是很安心。可是，对方是谁？却又说不清楚。也从没有多去想这些问题。

后来，我也想明白了。我根本不是那种有能力拒绝诱惑的人。这是世界杯结束时，我在静默很长时间以后，说出的唯一的一句话。

小朗说：我想不明白，她能给你什么？

我说：我什么也不想要。我只想要离开你。

在深夜，我们彼此泣不成声。

小朗是那种会拿刀子扎你心的人。凌晨时，我打开手机，信息存量很小的旧机器完全呈爆炸状。删一条旧的，片刻才会再进来一条新的。依次排列下来，是这样的。

我想你了。

你来看看我，我有些失眠。

我饿了，来的时候给我带点吃的。

回我信息啊。

求你了回我短信。

你是在鬼混吧，鬼混完了记得回来，我可以不计较你的。

你在哪儿？

　　你和小姑娘在一起吧？告诉我你在哪儿，我要过去打你的耳光。

　　接我电话呀。

　　我想我们之间彻底完了。再见。别再给我打电话和发短信了。我不会再见你。

　　求你了，给我打电话，如果你不方便的话，离开那女孩到楼下给我打，就五分钟，我就说五分钟的话。

　　你别这样对我，给我个改正错误的机会，我曾经那么喜欢你，每天早晨，你睡眠的时候，我都要看很长时间你睡梦中的脸才能出门去做事的。

　　无论任何时间都行，给我打一个电话，我要关掉我的设计公司，卖掉我的房子，回南方老家了。我只希望我离开北京的时候，能最后见你一面。

　　当你再回家的时候，看的将是我尸体。

　　回我一条短信。一条就好了。否则我会一直失眠下去的。

　　……


　　此前，她是我见过的，生活在这个世界上内心最骄傲的人。她一直是我见过的，生活在这个世界上的，内心最骄傲的人。

# 海　边

三月。那里游人很少。靠海的纯木板阁楼别墅，价格很便宜。据说旺季价格要翻十倍。整扇的落地玻璃窗。房间很干净，床单洁白。设施完备。紧挨着旅游码头，长长的堤坝。黄昏的时候，有情侣手拉手在长堤上缓缓漫步。三天里，就看到过那么一对情侣。天色昏暗，距离又远，无法看清他和她的容貌。

我和女演员被导演要求，也要在海边和堤坝上模仿情侣的样子来回地走。不过，后来导演愤怒地把那些镜头全都"咔"掉了。太冷了。脚步太匆忙了。心不在焉。没有激情。女演员个子太高了，人也太美了一些。我不认为我会找一个这样的女孩在这样的季节谈恋爱。

在寒风中走来走去，虽然那时候我还是个胖子，但仍然被冻得一直在哆嗦。我宁愿成为一名观众。在黎明，在黄昏，在海天一色，在无人的沙滩，漫步，假装谈恋爱，让我感到从未有过的无能为力。和影像比起来，还是文字更有趣一些。至少可以随意去写。可影像作者，常常无助地站在我们前方，同样一脸无能为力的表情。

在码头散步时，突然下起了雨。雨来势很急，没有任何前戏。很大的雨点砸在身上和头上，甚至伴随着啪啪啪的声响。瞬间，天地间一片昏暗。飞翔的海鸥也消失了踪影。

夜晚的灯光稍许显得病态。病态的灯光让街道灰蒙蒙的。湿漉漉的街道，仿佛布莱恩·德·帕尔玛的电影。他的电影里面，黑暗的街道永远像是刚下过雨的样子。沥青路面有时候映照着黎明时分蓝色的曙光。

收拾机器。躲入车里。雨在车顶棚啪啪作响。很快，我们被封闭在黑夜之中。在小饭馆半明半暗的光线下，喝当地产的啤酒。吃海鲜。

夜晚，面对大海，想起某一年，我那些抛在了天涯海角的青春。时光就那么过去了，死了般的鸦雀无声。偶尔，零星片断从岁月深处涌现眼前，然后旋即逝去。和这城市一样，夜晚，许多街道都没有灯光。在星光下漫步时，常常喜欢朝着有灯光的地方慢慢走去。快走时，旋即那灯光也灭掉了。常常在黑夜中游荡，并且越走越远。街上空无一人。有时候，走到很远的地方，突然赶上了一场雨。被困在某处。坐在别家的石阶上抽烟，等待雨停。

生活死水一潭。只能听天由命。

那时候年轻。她的肉体仿佛是一种无穷无尽的欢乐。只要相遇，肉身就无法遏制地散发出情欲和激情。在床上，她是世界上最淫荡的淫妇。所有的欲望都是纯洁的。那年月，除了青春我们一无所有。青春让肉体光润。21岁的她在黑暗中，有着含苞待放的肉体美。现在，那些青春，那些时间，已经死在了天边，死在了大海深处，死在了沉沉的静寂中。常常听《寂静之声》，然后彼此缠绵。所有的激情，所有的爱，如此用力，仅仅是为了等时光消逝后，感受失落。

她站在街道边，向我挥手。暮色慢慢聚拢在她身上，在她裙角边。慢慢将她吞没。车越开越远。所有消逝的时光都会令人伤感。那些无动于衷的人，只能是一早挤地铁忙碌而麻木的木偶。

# 爱　过

　　2004 年的 5 月 4 号，我和一个朋友，在三里屯客家菜吃饭。现在，那家店已经被拆掉了。作陪的有一个画廊经营商，有一个来自上海的女歌手。吃完饭，去了女人街的一家酒吧，女歌手在那里有一场小堂会演出。那个女歌手长得倍儿难看，无比难看，死去吧你。歌声也难听，倍儿高，无比高，几乎就是一晚上在嘶喊。摇滚范儿。模仿何勇和窦唯，加了些民乐进去。没戏，一听就知道混不出来。有一句歌词，说："我是一朵洁白的莲花，我想死在你的手里。"朋友说，仔细听，这首歌的词是我为她写的。是开在，还是死在啊？我也记不清楚了。只记得我当时说："就丫还莲花呢，我看丫最多也就是一苦菜花。"然后，我就悲剧地爱上了那朵——苦菜花。

2005年的5月4号，一个上海女孩来北京参加迷笛音乐节。发短信让我出去吃饭，据说在场的有几个我想见到的女孩。我对同居的苦菜花女友说："我出门咯。""去吧。我不管你。"走到门口。女友说："回来，我改主意了。不许去。和我在一起。我请你吃饭。"于是，我乖乖回到沙发里。发短信回绝了上海女孩。上海女孩说："没事，不来算了。下次再约吧。"

"回掉了吗？回掉了啊。我想了想，咱们还是别去外面吃了。你在家待着，一个人吃点东西吧，刚才有朋友约我，推不掉，我还是去吧。""回来。我也不许你去！"咣！门一关，人已绝尘而去。你大爷的。

我和阿兰·德龙一样，是街边混大的，所以嘴有点脏。一着急了，喜欢污言秽语急风暴雨般地泼向对方。小朗自称出身南方书香世家，良好的教养让她对付我的唯一武器只有："你骂我一句，就相当于骂你自己三句。"我常常骂着骂着，被她这句话给逗乐了。你还小点儿是怎么着？

2006年的5月4号。我和某某、某某、欣悦、小朗，在朝阳公园西门的苏克土耳其烤肉露天座。路上，欣悦搂着小朗的肩膀，说："现在这几天，是北京最美好的季节了。北京的好天气，很短暂。"我跟在后面，在晚风徐徐中，偷听了一耳朵。那天，小朗戴了个棒球帽，穿了双深蓝的匡威球鞋。

2007 年的 5 月 4 号。凌晨，我在三里屯一家朋友的店里。只有我和一个朋友，两人。走马灯似的来了无数女孩，有歌手，有白领，有学生。全是那个朋友叫来的，晃得我，一个也没记住。晚上，一人在家待着。闲看别人的博客。上面有句话说："时光消逝了，而我还在这里。"她说："我能听到他的心跳就感到满足，我的幸福就是生活在他身边。"而我，唯有靠回忆自我温暖。

2005 年的某天。零点过后，一个久不联系的女孩突然在线对我说："你一定是一个人吧。明天你打算怎么过？要不要找地方我陪你吃顿晚饭啊？"我说，不用了，谢谢。我还挺忙的。顾不上。她说："这样啊。好。如果你需要，随时给我打电话。别客气。"我关掉电脑，望着窗外有霓虹灯的夜色发呆，躺在沙发上，抽烟。抱着手机，在沙发上睡着。天亮时，女孩好像还发来过一条短信。我抽了两支烟，在屋里转了一圈，脑子一走神，忘记了回复她。天黑以后，我继续望着窗外有霓虹灯的夜色发呆，继续躺在沙发上，抽烟。抱着手机。眼泪哗哗的，但是手机不给面儿，直到过了午夜，都没再响过一声。

就这么等，内心却没有一丝一毫的怨恨。见了面，依旧欢天喜地的。那年月，频繁地在机场高速上来回往返。航班常常晚点。等待已经成了习惯。随身带一本书，停靠在机场的地下车库，坐在车里抽烟看书。除了一个女人，这世界和我没有任何关系。

2013年某天，有朋友约着去鼓楼前烟袋斜街的酒吧喝酒。一女孩，整晚向我抱怨生活乏味。长假刚过，回到公司，各类文案策划案压满桌，却无心去看。早晨，打开衣柜，满柜的衣服却没有一件能让人有好心情。下午从公司开溜，逛一天街买了一堆东西，回家以后，在商场灯光下看着可心的东西全部变回面目可憎。生活乏味这回事，除了再要两打啤酒麻利地喝了，我也没法安慰她。

每个人的生活都挺乏味的。想起2006年夏天。有人独自去了越南旅行。有人趁日元贬值，组团去了日本。有人孤独地去了海边，一个人看海，阅读书籍，想心事。无非如此，听上去，就乏味烦闷得可以。有人不再漂着，离开北京，回到南方老家生活。

不久前，深夜，小朗给我短信，问：北京凉下来了吧？我回：凉过了，开始冷了。这城市，褪去酷暑没几天就到了冬天，没什么好日子过。那人回：呵呵，那城市……我迟疑片刻，知道彼此已再无多余话说。遂关掉手机，让远去的旧人旧事隐遁回寂静午夜的黑暗深处。

黑暗中，想起，那时候，我和小朗一起去大理，大理旧城边有个周村，村庄依山而建，山顶有家道观，山下有座旧戏台。戏台对面有棵古树。据说，村民信奉古树有神通，逢年过节请戏班唱戏，并非娱乐乡民，仅是为了让那棵树高兴。乡民听戏，都是沾古树的光。戏台、古树、道观，呈一条直线，山上山下，遥相呼应。

女孩对大理熟识，说那家道观有文昌君真身，逼我上山跪拜。当时正是春节，村里家家杀猪，古戏台前的空地临时改作了屠场，十里八乡的牲畜都被赶至此间，捆绑、挣扎，触目惊心，疑是人间地狱，通往山顶的村路，惨叫声此起彼伏，鲜血斑斑点点，遍布青石板小路，浓重的血腥气弥漫苍山洱海间。

道观很小，正中供奉玉皇大帝，右侧是文昌君，左侧是关帝带周仓关平赤兔马青龙刀。只有一个老道士常住道观，寂寞久了，人有些许木讷，言明关帝不许女人拜。异地相逢，关山远隔，我是很想拜拜关帝的，无奈女孩认定此处文昌君才是真神，拉扯着先拜文昌。纸钱，香火一律备齐，三跪九叩，念念有词："以后，我每本书能挣十万，就送还文昌君一万。给您再塑金身，重修庙宇。"女孩闻言大怒，照我屁股连踢数脚，"你有病啊？你给他那么多干吗？每十万给他一百就够多的了。""不是，利这么薄，人家不会保佑我吧？""穷乡僻壤的，他见过什么钱呀？就这么多就够了，重新跪下划价去。"

我站起来吧还是，给神仙这么点钱，我实在是说不出口。僵持了足有五分钟，女孩叹息一声，认定我实在是不长进。无奈之中，只好照女孩的意思跪在神佛面前硬着头皮说了。"请保佑我文运亨通，以后每本书挣十万，就送还您一百，一百万一千，一千万一万，如有食言，天打雷劈。"刚说完，冥冥中隐约听到一个声音回荡耳畔："甭等以后，恶魔！我他妈现在就用雷劈了你！"完了，文昌君看来真急了。离开大理的那天，我还在想，这辈子不知道还能不能回来还愿呢，什么时候才能给文昌君攒够这一万块钱啊。有伤感，也有压力。

2006 年 1 月，在新浪开博，左看右看，觉得自己的名字别扭，笔画太简单，又带个天字，只怕是承受不起，思前想后，问女孩说："我网名叫恶魔如何？好像听见文昌君这么叫我来着。"

2006 年 1 月 6 日，用新网名写了第一篇博文。当夜写完，躺床上睡了。那时候，女孩常常早起，起来就在电脑前收邮件，查资料，做设计草图。第二天，正睡得迷迷糊糊，女孩坐在床边把我叫醒。神色间颇带忧郁，问我，你写的是你真实内心吗？没想到和我生活在一起，你会这么不快乐。

那段日子想起来好像是很不快乐，找不到有意义的事情做，不知道努力的方向在哪里，生活中也没有任何自己的朋友。自己很发愁，对方也发愁。多次谈到分手，彼此又都难做最后取舍。好在那段日子终于过去了。

不久前，遇到从前女孩的闺蜜。才知，原来，她已有了很好很好的归宿。内心无比欣慰。此生固然不会再见，印证了对方的幸福，总算是放下心来。那个人那个名字，不再对自己内心有任何触动，像陌生人，各在不同的茫茫浮生去活，再无牵挂。

　　给自己的，除却留下这笔名四字，其余的也尽可忘却。人生漫长，岁月并不珍贵，两相比较，倒是相遇不易，电光石火间，不愿错失，彼此宁肯蹉跎青春，也要给对方一个机会验证。痛苦、彷徨、种种曲折、虚度时光，因为爱过，也都是好的。虽然最终发现彼此是对方错误的验证码。好在这样的相遇，漫漫一生不过一次两次。这样一想，彼此都是万幸。如果回回如此，就别活了。谢天谢地，希望不再有下回了，下回也不要再遇见敢跟神仙讨价还价的女孩。

© 丁天 2017

图书在版编目（CIP）数据

活过 / 丁天著. — 沈阳 :万卷出版公司, 2017.5
ISBN 978-7-5470-4443-8
Ⅰ.①活… Ⅱ.①丁… Ⅲ.①散文集—中国—当代Ⅳ.①I267
中国版本图书馆CIP数据核字(2017)第062963号

活过

出版发行： 北方联合出版传媒（集团）股份有限公司
　　　　　万卷出版公司
　　　　　（地址：沈阳市和平区十一纬路25号　邮编：110003）
印　刷　者： 北京汇林印务有限公司
经　销　者： 全国新华书店

幅面尺寸：130mm×185mm　　　　装　　帧：精　装
印　　张：7.5　　　　　　　　　　字　　数：132千字
出版时间：2017年5月第1版　　　印刷时间：2017年5月第1次印刷
出 品 人：刘一秀　　　　　　　　特约监制：罗　毅
责任编辑：杨春光　　　　　　　　策划合作：天逸传媒
责任校对：杨春晓　　　　　　　　装帧设计：马婧莎
ISBN 978-7-5470-4443-8
定　　价：32.80元

联系电话：024-23284090　　　　邮购热线：024-23284050
传　　真：024-23284521　　　　E－m a i l：book_light@sina.com
腾讯微博：http://t.qq.com/wjcbgs　网　　址：http://www.chinavpc.com

常年法律顾问：李福　版权所有　侵权必究　举报电话：024-23284090
如有印装质量问题，请与印刷厂联系：联系电话：010-56407791